巴金散文系列

怀念集

山东画报出版社
济南

图书在版编目（CIP）数据

怀念集/巴金著. —济南：山东画报出版社，2023.4
（巴金散文系列）
ISBN 978-7-5474-4227-2

Ⅰ.①怀… Ⅱ.①巴… Ⅲ.①散文集－中国－现代 Ⅳ.①I266

中国国家版本馆CIP数据核字(2023)第045795号

HUAINIAN JI
怀念集
巴 金 著

巴金故居策划

责任编辑 怀志霄
装帧设计 蔡立国

主管单位 山东出版传媒股份有限公司
出版发行 山东画报出版社
社　　址 济南市市中区舜耕路517号 邮编 250003
电　　话 总编室（0531）82098472
市场部（0531）82098479
网　　址 http://www.hbcbs.com.cn
电子信箱 hbcb@sdpress.com.cn
印　　刷 山东临沂新华印刷物流集团有限责任公司
规　　格 130毫米×185毫米 32开
6印张 11幅图 6.57千字
版　　次 2023年4月第1版
印　　次 2023年4月第1次印刷
书　　号 ISBN 978-7-5474-4227-2
定　　价 36.00元

巴金与三哥李尧林（左）1925年摄于南京

罗淑1931年在巴黎

陆蠡像

缪崇群像（巴金藏）

《怀念集》初版本书影

《怀念》开明初版本书影

《怀念集》第三版增订本书影

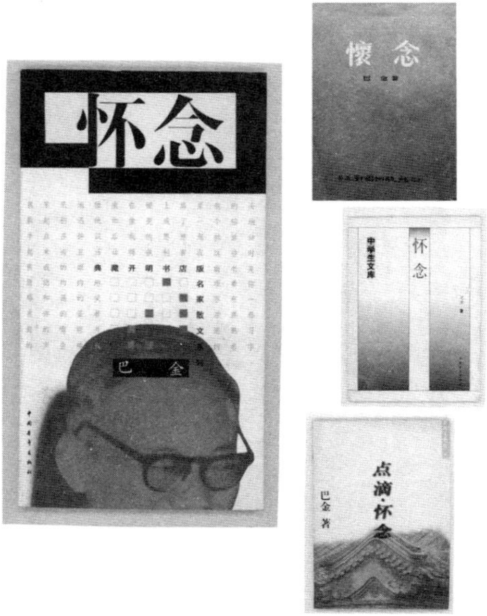

《怀念》部分重印本书影

出版说明

《怀念》，开明文学新刊·散文系列之一种，开明书店1947年8月初版，收巴金1938—1946年间所写的怀念逝去的亲友的文章。这些人包括罗淑（世弥）、陈范予（“范兄”）、林憾庐（“憾翁”）、鲁彦（“彦兄”）、缪崇群、三哥李尧林、施居甫、陆蠡（圣泉）等八位。作者说：“我每一想起我在这些年中间失去的几位好友，我就无法压抑这烧心熬骨

的怀念。在寂寞痛苦得没有办法的时候，我就写下了这些篇怀念的文章。”(《前记》)

本书经修订后全文收入《巴金文集》第十卷(人民文学出版社1961年10月版)，又收入《巴金全集》第十三卷(人民文学出版社1990年4月版;《纪念友人世弥》三篇附录收入《巴金全集》第十七卷)。后曾编辑《怀念集》，除收录本书外，又增补作者之后所写怀人文章多篇，由宁夏人民出版社1982年12月初版，并于1989年、1994年分别出版增订本。此外，香港南国出版社1962年4月曾有翻印本，中国青年出版社、开明出版社等在20世纪90年代曾重印过《怀念》。

此次据《巴金文集》目次、《巴金全集》文本排印，本书附录《我的哥哥李尧林》写于1983年，为编者所加。个别文字和用法仍保持原貌，并未根据当下编校规范修改和统一。

目　录

怀　念

附　录

怀　念

前　记

一年前，或者可以说两三年前，我就想到编印一本这样的小书，为着我自己，也为着读者。可是我始终没有充足的时间让我从容构思落笔，一直拖到今天我才能了却这个心愿。我颇觉一身轻快。

老实说，我不曾写过一篇可以传世的文章。我编印一本小书而说“为着读者”，绝非发夸大狂，以为读者可以从我的书中学得什么扬名显亲之道。我只想介绍他们去接近几个平凡的人。那些人虽说平凡，却也能闪出一股纯洁的心灵的光，那是一般大人物所少有的。他们不害人，不欺世；谦虚，和善，而有毅力坚守岗位；物质贫乏而心灵丰富；爱朋友，爱工作，对人诚恳，重“给与”而不求“取得”。他们是任何人的益友。我从他们那里得过不少的好处，我必须让别人也认识这些纯洁的心灵。

我说“为着我自己”，因为这本小书将是我的最亲切的伴侣。我没有福气同那些人永做朋友，更无法填补这些不可补偿的损失。我现在仅能以我这管拙劣的笔，凭着记忆和感激抓住他们的一言一行，让这些篇页永远给我督促和鼓励。我当努力做一个不会玷辱他们友情的人。

我称这本小书为《怀念》，读者可以看

见满溢在字里行间的“怀”和“念”。我每一想起我在这些年中间失去的几位好友，我就无法压抑这烧心熬骨的怀念。在寂寞痛苦得没有办法的时候，我就写下了这些篇怀念的文章。从一九三八年到一九四五年这八年中间，我一共失去八位好友（这里面有一位还是我的哥哥。病故的七个人中只有世弥一个死于产褥热，其余六人则都死于肺病。抗战期间的中国好像成了肺病的培养所，“胜利”后情形也未见改善），所以这里也有八篇纪念文章。另外一篇题作《怀念》的短文，则是香港陷敌后我在桂林怀念憾翁和其他陷在香港的友人时写的，记得那篇短文刚发表，憾翁和别的朋友就到桂林来了。圣泉至今生死不明，虽说凶多吉少，但我仍然希望他今天还活着，还能够听见我的呼唤。所以甚至在这样的一本纪念的小书中，也还有希望的闪光。

我绝不悲观。在中国还有不少的好人，我认识的不过是其中的一小部分，而死去的更是极小、极小的部分。我希望我能有荣幸为活着的友人写一本书。

1947年4月上海。

纪念友人世弥*

我想不到我会来写这样的文章，记忆逼着我写。记忆使我痛苦。甚至在这样一个个人命运和民族命运紧密地联系在一起的时代中，我还受着个人情感的熬煎。我不说我们民族的损失，固然世弥（即罗淑）是中国的

* 本篇最初发表于一九三八年六月五日《文丛》第二卷第二号。发表时题为《纪念一个友人》。

一个优秀的女儿；我不说我们文坛的损失，固然世弥的作品显示了她未来的光辉的成就；因为在侵略者铁蹄的践踏下，许多青年有为的生命，许多优秀卓绝的文学才能已经变成了白骨黑灰。为了一个民族的独立和生存，这样的牺牲并不算是昂贵的代价。许多人默默地死去，许多人默默地哀悼他们的死者，没有谁出来发一声不平的怨言。我也没有权利把我个人的悲痛提出来加在这许多人的悲痛上面，促他们多回顾“过去”，给他们多添一分苦恼。他们需要的是“遗忘”，要忘记过去的一切，要忘记灾祸与悲痛，像堂·吉诃德那样地投身到神圣的抗战中去。

然而我不能够制止个人的悲痛，我无法补偿个人的损失。这一个友人的死给我留下的空虚，到现在还不曾得到填补。记忆逼着我写，悲痛逼着我写，为了我自己，为了我的一些朋友，我要写下这篇关于世弥的文章。

世弥是一个平凡的人，甚至在她的外貌上，人也看不出锋芒。她写过文章，但她的文笔并不华丽，那里面有的是一种真实、朴素的美。她不喜欢表显自己，她写文章也不愿意让朋友们知道。她把她的热情隐藏在温厚的外表下。许多人说她是一个贤妻良母型的女性，却少有人知道她是社会革命的斗士。在我们这些友人中间，有时因为意见的分歧会损害友情，个人的成见妨害到事业的发展，然而她把我们（至少是我们中间的一部分人）团结在一起。她的客厅仿佛成了我们的会所。但我们并不同时去找她，我们个别地去，常常怀着疑难和苦恼去求助于她。她像长姊似地给我们解决问题，使我们得到安慰和鼓舞。她的考虑十分周到，她的话语简单而有力量，我们都相信她，敬爱她。

她有一种吸引力把许多朋友拉到她的身边，而且使他们互相接近、了解。一个朝鲜朋友被日本人追缉得厉害的时候，他到上海来总是由她和她的丈夫款待，他就住在他们家里，或者她替他转信。那个朋友也是我的友人。艰苦的环境使他的头发在几个月内完全变成了白色，但是他的精神并没有衰老。有一次我受了一个朋友的嘱托从日本海军陆战队布岗警戒下的虹口带了一支手枪、一百颗子弹和一包抗日文件到她的家里寄存。她毫不迟疑地收下了我提去的那口箱子，让那些东西在她的家里放了一年，到她离开上海时才让另一个朋友拿去。这些事倘使她活着，她一定不让我说出来，而我也不便写。但是如今她和我已经成了两个世界的人。我不曾当着她的面说一句感激的话，我知道这会使她不高兴。然而这时候思念刺痛我的心，我愿意让人知道我们从她那里得过的恩惠。要是这触犯了她，她也会原谅她的朋友，因为这是最后的一次了。

我不敢想，有时候我甚至不能相信世弥的死讯是真实的。去年九月八日上海西车站的分别仿佛还是昨天的事。上海沦陷后她和宗融打过急电来探问我的安全，又屡次写信劝我离开“孤岛”。我答应今年到他们那里去。如今我失了约，而她也不能活着来责备我了。

这三四年来，我在生活里、事业上遇到各种麻烦，我缺乏忍耐，不能从容地应付一切，常常让自己沉溺在苦恼中间。朋友不宽恕我，敌人不放松我。我不能严格地改正错误，我反而让自己陷在绝望的心境中。好几次我带着气愤到她那里倾诉，她仔细地开导我，安慰我，甚至指责我的缺点。她知道我的弱点、我的苦恼和我的渴望。但是她绝不姑息她的友人。我是在朋友们的督责下成长起来的。她便是那许多朋友中间给了我帮助最大的一位。但是如今我不知不觉间失掉了这样一位友人，我的悲痛太大了。

我唠唠叨叨地叙说我个人的损失，我太自私了。我们许多人中间失去这一个连锁，那损失比我个人的更大。而且就个人的悲痛来说，我们大家热爱的马大哥，我认识他在他和世弥结婚以前，我知道世弥在他的生活里、情感上占着什么样的位置，我知道世弥是他的一个怎样的不可分离的生活与工作的伴侣。他们九年来始终没有分离过。如今一只残酷的魔手把她抓了去，永远不放回来。留下他一个人带着那个聪明可爱的小弥和一个新生的孩子（那个男孩是她用自己的生命换来的），在那间空阔的屋子里，八岁的小弥天天嚷着要“妈妈”，新生的孩子又无知地啼哭等着人喂奶。做一个这样的父亲，不知道要花费多少的心血。对于在书堆里过惯生活的马大哥，我简直不敢想象他的悲痛。我不能够安慰他，因为他的灾祸太大了。但是我想借用意大利爱国者马志尼劝赫尔岑的话来劝他：

> 勇敢些，你要抑制悲痛，不要叫你的精神破碎。我常常以为我们亲爱的人的死会使我们变成更好的人，你的义务是去做一切她所喜欢的事而不去做任何她所反对的事。……

现在正是这个时候了。

别了，我永不能忘记的友人，我不再用言词哀悼你。我知道你不喜欢我这样做。你不愿意在这样的年纪早早地死去，你更不会愿意在你渴望了几年的抗战的烽火燃烧的时候寂寞地闭上眼睛。但是你已经尽了你的职责了。你留下了这么深的敬爱在我们中间。我们失去了你这样一个连锁，可是我们已经坚实地团结起来。你的手所放下的火炬，也将由我们接过来高高地举起。我们会把它举得更高，使你的和我们的理想早日实现，我知道那会是你最快活的时候。到了那一天，你会活起来，活在我们的心里，活在我们的理想里。

1938年4月在广州。

附

一、《生人妻》[*]后记

这本集子是应该由世弥自己编好交给我的，她这样答应过我。但是“死亡”阻止她做完她所计划做的一切事情。我没有理由责备她失约。马大哥又远在成都，他遭遇到这个灾祸以后，我就不曾得着他的信息。从别的朋友的来信里，我知道他一时还不能从悲痛的网中挣扎出来。我更不能够在这时候拿整理世弥遗著的事情去增加他的悲思，虽然我知道世弥有不少的遗稿留在家里，里面也许还有描写盐场生活的中篇。

---

* 《生人妻》：罗淑著。一九三九年八月上海文化生活出版社出版。本篇收入一九三八年九月上海开明书店版《梦与醉》时，题作《关于〈生人妻〉》。

我认识世弥有七八年了（那时马大哥刚接了她从四川出来预备同路到法国去）。直到一九三四年以后我们才有机会常常见面。但是她很少和我谈起写小说的话。我们都不知道她偷偷地写着短篇。所以我在《生人妻》的原稿上替她写了“罗淑”的笔名交给靳以在《文季月刊》发表时，连靳以也觉得奇怪。《生人妻》发表以后，许多朋友赞美这篇文章，却不知道作者就是他们时常见面的一个熟人。

在《生人妻》以后，我又从世弥那里得到《刘嫂》、《桔子》、《井工》三个短篇。《井工》是她离开上海时交给我的。还有几个未发表的短篇由她自己带回四川去了。她答应回到那边把它们删改后再寄来。可是她并没有寄出。她的来信里只说她身体不好，不能够静下心来工作，要我等待一些时日，于是就来了她的死讯。这就是我等待了多日的结果！

我还能够等待。但是书店负责人却几次来信催索《生人妻》的原稿。我很了解那位负责人的心情。在这种时候我们的生命犹如庭园中花树间的蛛网，随时都会被暴风雨打断，倘使我们不赶快做完一件事情，也许就永无机会做好它。今天还活着谈笑的人明天也许会躺在寂寞的坟场里。飞机在我的头顶上盘旋了三天了。谁能够断定机关枪弹和炸弹明天就不会碰到我的身上？然而我活着的时候，我还是要工作。我愿意趁这个时机，多做完一件事情。所以我就这样草率地将《生人妻》编成了。倘使这草率的工作使得在另一个世界里的世弥感到不满，那么还望她原谅我。

1938年4月在广州。

二、《地上的一角》*后记

这是我替世弥编的第二个集子。她留下的文章自然不止这么一些，但是我手边就只有这两个较为完整的短篇。

《地上的一角》是初稿，还需要作者的整理和加工，可是她连做这个工作的时间也没有！小说原稿到我手边的时候，我正在桂林的旅舍中，我代作者做了一点整理的工作。

在敌机连续的轰炸中我抄完了世弥的小说，我一字一字地读着她那颇为潦草的笔迹，想到她不能和我们共同生活在这个大时代中经历当前的一切，遗憾像火一样地在我的胸中燃烧起来。

---

* 《地上的一角》：罗淑著。一九三九年九月上海文化生活出版社出版。

其实感到这种遗憾的并不止我一个。有一位朝鲜朋友后来在我的桂林的寄寓中看见世弥的笔迹，谈起她，谈了几句，就埋下头去揩眼睛。她那颗热烈的、善良的心把许多人牵引到她的身边。朝鲜朋友和我痛苦地说：

“她不应当这样地死去……”我们又说：

“她并没有死。”

是的，善良的人的纪念是不会死的。况且世弥留给朋友们的印象并不仅是善良。

静静地安息吧，亲爱的朋友。你的美丽的人格对我们将是鼓舞的泉源。我们要补偿这个巨大的损失，唯一的办法便是各人在事业上的努力。我们一定要继续不断地努力工作，为了更好地纪念你。

1939年6月在上海。

三、《鱼儿坳》[*]后记

这是世弥的第三创作集。散文三则都是在作者生前发表过的；《鱼儿坳》和《贼》两个短篇则是尚待整理的遗作。为了编辑这本集子，我读过世弥遗留下来的全部稿件。在《生人妻》和《地上的一角》以外的成篇的作品都收在这里了。

《鱼儿坳》和《贼》都是被侮辱者与被损害者的故事，但显然都是未完的作品。前者好像还是一个长篇中的一段，和《地上的一角》、《阿牛》、《井工》三篇都有关联，是同样的背景和人物，而且拿这小说的第二节与《地上的一角》的第二节对照，连文句也是大

---

* 《鱼儿坳》：罗淑著。一九四一年八月上海文化生活出版社出版。

同小异的。这似乎需要删改。但是我珍视作者的原著，我觉得让这重复的处所保留着使《鱼儿坳》一篇显得较为完整。这里说“较为完整”，读者当然明白我的意思，我现在做的只是整理的工作，我不会在世弥的遗稿上面增加什么。作者的早逝的确是一个不可补偿的损失。倘使作者能够多活十年，她一定会给我们留下几部描写四川盐场生活的杰作。

最近我在成都到过世弥的墓地，一抔黄土，一块石碑，一丛矮树编的短篱，这里埋葬了一个年轻可爱的生命，也埋葬了友情，尊敬，和许多朋友的期望。我想起了四年前在上海西站分别时的情景，仿佛还是昨天的事。在悲痛的回忆中，我几次暗暗地问自己：难道生命就是这么脆弱，死的魔手随意一动便可以毁掉一切？

现在我应该说，死并没有毁掉一切。生

命也不是在一瞬间就可以毁灭的东西。如今我们谈起世弥，还仿佛她活在我们中间。她的名字和她的面影至今还系住许多朋友的心。今天在这窗外细雨如丝的春三月的寒夜，摊开她的遗稿，那些颇为潦草的字迹还在诉说一颗善良仁爱的女性的心的跳动。甚至躺在最后的安息地上，她还发出正义的喊声，为那些被侮辱者与被损害者呼吁。我们能说她已经死去了么？她的作品活下去，她的影响长留，则她的生命就没有死亡，而且也永远不会死亡。

1941年3月在重庆沙坪坝。

悼范兄*

昨夜窗外落着大雨，刚刚修补好的屋顶，阻止不了雨水的浸泻，我用一个面盆做武器，跟那接连不断的雨滴战斗。我躺在床上，整夜发着高热，不能闭上眼睛，那些时候我都想起你，我善良仁厚的亡友。我的心燃烧着，

---

* 本篇最初发表于一九四一年十一月十日《抗战文艺》第七卷第四、五期合刊。范兄，指陈范予。

我的身体燃烧着，但我的头脑却是清醒的。在这凌乱地堆满家具和书报的宽大楼房的黑暗中展开了十二年的友情。你的和蔼的清瘦的面颜，通过了十二年的长岁月，在这雨夜里发亮。在闽南一个古城的武庙中，我们第一次握手，这是我最初从你的亲切的话里得到温暖和鼓舞。没有经过第三个人的介绍，我们竟然彼此深切地了解了。是社会改革的伟大理想把我们拉拢的。你为着自己的理想劳苦了二十年，你把你的心血、精力、肌肉都献了给它，人们看见你一天天地瘦下去，弱下去。一直到死，你没有停止过你的笔和唇舌。

我没有忘记，就是在十二年前那个南国的秋天里，我们在武庙的一个凉台上喝着绿豆粥，过了二三十个黄昏，我们望着夜渐渐地从庭前两棵大榕树繁茂的枝叶间落到地上，畅快地谈论着当前的社会问题和美丽的未来的梦景。让我们热情的声音，在晚风中追逐。参加谈话的人，我记得有时是五个，有时是六个。他们如今散处在四方，都还活得相当结实，却料不到偏偏少了一个你。

在朋友中你是一个切实的人。即使在侈谈梦景的时候，你也不曾让热情把你引到幻想的境域里去。在第一次的闲谈中我就看出来，甚至当崇高的理想在你脸上发光的时候，你也仍旧保持着科学的头脑。靠着你，我多知道一些事情，我知道怎样节制我的幻想，不让夸张的梦景迷住了我的眼睛。凉台上的夜谈并不是白费的。至少对我已经发生影响了。

在那个古城里，我们常常同看秋夜的星空。在那些夜里我也曾发着高热，喝着大碗神曲汁，但是亿万的发光的生命，使我忘记了身体的燃烧。从星球的生命中，我更了解了“存在界”的意义。你告诉我许多关于星球的事，让我知道你怎样由宇宙问题的探讨，而构成了你的生活哲学。

白天你又从外面那些浮着绿萍的水沼、水潭里带回来一杯、一瓶的污水，于是在你的书桌上，显微镜下面展开了一滴水中的世界，使我看见无数的原生动物的活动与死亡。

在你这里我看见了那无穷大的世界，在你这里我也看见了那无穷小的世界。我知道人并不是宇宙的骄子，我知道生命无处不在，我知道生命绵延不绝。你的生活哲学影响了我的。你的待人的态度也改变了我的。倘使我今天从我的生活中完全抽去了你的影响，则我将成为一个忘恩的人而辜负了亡友的期望了。

你不是一个空谈家，也不是一个发号施令的英雄。在武庙凉台上的夜谈中你就显露了你的真实面目。谦逊、大量、勤勉、刻苦，这都是你的特点。你不是一个充满夺目光彩的豪士，也不是一个口如悬河的辩才。你是用诚挚，用理智，用坚信，用恒心来感动人的。别人把崇高的理想用来做成自己头顶上的圆光的时候，你却默默地在打算怎样为它工作，为它牺牲。所以你牺牲了健康，牺牲了家庭幸福，将自己的心血作为燃料，供给那理想多放一点光辉，却少有人知道你的名字，或者还有些不做一事的人随意用轻蔑的态度抹煞了你的工作。

的确在生前你是常常被人误解的。有人把你看作一个神经质的肺病患者，有人把你视为一个虚伪的道学家，还有人以为你只是一个被生活担子压得透不过气来的读书人。有好多次那些狂妄的、或者还带有中伤意味的话点燃了我的怒火，我愤慨地、热烈地争辩，我甚至愿意挖出我的心，只为了使友人能够更明白地了解你。我这争辩自然是没有用处的，我的话并不曾给你的面影增加光彩。后来还是你自己用你的笔、你的唇舌、你的工作精神、你的生活态度把许多颗年轻的心拉到你的身边，还是你自己用这些把别人投掷在你的面影上的污泥洗去，是你自己拨开了那些空谈家的烟雾，直立在人们的面前，不像一个病人，却像一个战士，一个被称为“生命的象征”的战士（一个朋友称你做“生命的象征”，她这话的确不错）。

诚然十二年前我就知道你是一个肺病患者，而且我们也想得到有一天你终于会死在这个不治之症上。但是和你在一起时我却始终忘记你是一个病人。你的思想、你的言语和你的行为都不带丝毫的病态。人从你的身上看不到一点犹疑，一丝悲观，一毫畏怯。你不寻求休息，却渴望工作。你在各处散布生命，你应该是一个散播生命种子的人。十几年前你写过歌颂战士的文章，到临死你还写出了《生之欢乐》。你最后留下遗言，望年轻人爱真理向前努力。

在《战士颂》中你坦白地说过：“我激荡在这绵绵不息、滂沱四方的生命洪流中，我就应该追逐这洪流，而且追过它，自己去制造更广、更深的洪流。我如果是一盏灯，这灯的用处便是照彻那多量的黑暗。我如果是海潮，便要鼓起波涛去洗涤海边一切陈腐的积物。”

在《生之欢乐》的开端，你更显明地承认：“有人把人生当作秕糠，我却以为它是谷粒。有人把人生视同幻梦，我却以为它是实在。有人把人生作为苦乐，我却以为它是欢乐。有许多人以人生为苦恼、黑暗、艰难、乏味、滞钝、不自由、憎恨、丑恶、柔弱的象征，我却认为人生是爱、美、光明、自由、活泼、有为、创造、进步的本身。”

你还勇敢地叫喊：“人生的美、爱、力量，都是从奋斗中创造出来的。所以人不是环境的奴隶，而是环境的主人……从奋斗的人格中，我们窥见生之光明，生之进步，生之有为，生之自由。……人生的解释受了积极思想的指导，人将为自由，为光明，为爱，为美，为创造，为进步而生，因此人将与压迫、黑暗、暴行、丑恶搏斗。燧石因相击而生火，人则由奋斗而尝到生之欢乐。”

我从未听见过像这么美丽的洋溢着生命的战歌！在朋友中就只有你一个人是这么热

情地在各处散布生命，鼓舞希望！在一个孩子的纪念册上你写着：“希望是人生所需要的，人如没有希望，何异江河涸了流水。”你这条江一生就没有涸过流水。不但这样，而且你这条江更投入在“那个人类生活的大海里”，用你自己的话，“在大海里你得到了伟大的生命力，发见了不灭的希望”，的确一直到死，你没有失掉希望。

你和我都曾歌颂过战士，我们的战士所用的武器，不是枪和刀，却是知识、信仰，和自己的意志。他把自己的意志锻炼成比枪刀更锋利、更坚实、更耐久的东西。他永远追求光明。他并不躺在晴空下面享受阳光，他却在暗夜里燃起火炬给人们照亮道路。对于他，生活便是不停的战斗。他不是取得光明而生存，便是带着满身伤痕而死去。你正是这类战士的一个典型，你从不知道灰心与绝望，你永没有失去青春的活力。

“除非他死，人不能使他放弃工作，”这是我称誉战士的话。你确实做到了这个地步。甚至在你的最后两年间，你的肺病已经进入第三期，你受着那么大的肉体痛苦的折磨，在死的黑影的威胁下，你还实践了你那“以有限的余生，为社会文化、思想运动作最后努力”的约言，完成了《科学与人生》、《达尔文》、《科学方法精华》三部译著。这许多万字，都应该是在“胸部剧痛”和“咳嗽厉害”中写成的。最后躺在死床上，你还努力写着你那篇题作《理想社会》的文章。可见一直到死都是些什么事情牵系住你的心。

十几年来你努力跟死挣扎，你几次征服了死，最后终于给死捉了去。这应该是一个悲剧。但是想到你怎样在死的威胁下努力工作，又以怎样的心情去接受死，我觉得这是一个壮观。一个朋友说，临死的你比任何强健的友人“都更富于生命力”！另一个青年友人却因为你以濒死之躯竟能够如此平静地保持着“坚决的信心和旷达的态度”而感到惭愧。一个温柔的女性的心灵曾经感动地为你写下这样的赞辞：“透过那为病菌磨枯了的身体，我望见了一个比谁都富于生命的欣欣向荣的灵魂！永远不绝望，永远在求生，——为工作而生。”我应该给她添上几句：而且像一个播种的农夫，永远在散播生命的种子。你以一种超人的力量平静地吞食了那一切难忍的病痛，将它们化作生命的甘泉而吐出来。难道世间还有比这更强健的人？还有比这更美丽的生命的表现？

自然在你一生中，经济的压迫与生活的负担很少放松过你。要是换上一个环境，你也许至今还在美国的实验室里度着岁月。你也并不是没有“向上爬”的机会。对你的生活有决定影响的更不是经济的压迫。你为了理想才选取现在走的这条路，而且也是为了理想才选取了过去所走过的路。甘愿过着贫苦生活，默默地埋头工作，在绝望的情形下苦苦地支持着你的教育事业，把忌恨和责难全引到自己的身上，一直到用尽了自己的力量，使事情告一个段落，才又默默地卸下两肩的责任，去到另一个地方开始接受新的工作。倘若单是为了个人的生活，你不会让工作把你的身体磨到这样；倘若单是为了个人的生活，你又不会有那么坚强、充实的精力，在患病垂危的最后二年间还做出那样多的事情。

通过了你的一生，你始终把握着战士的武器。你的一生就是意志征服环境的一个最有力的表现，你做了许多在你的处境里似乎是不可能的事情。你在艰苦的环境中锻炼自己，创造自己，只为了来完成更大的工作。你终于留下不少的成绩和不小的影响而去了。你的死使我想到了法国大革命时期的启蒙学者龚多塞，他在服毒以前安静地写下了遗言：“科学要征服死。”我又想起一个躺在战场上的兵，他看见自己的战胜的旗帜在敌人的阵地上飘扬，才安然闭上燃烧的眼睛。

有了这样辉煌的战绩以后，你对自己的死应该没有遗憾了。你是完成了你的任务以后才倒下的。而我们呢？作为你的朋友的我们，至少我是没有理由来哀悼你的。失去了这个散布生命的人，失去这个“生命的象征”，像这样一个生命的壮观如今竟然在我们的面前永久消去，我们应该感到何等的寂寞。我们应该为这个巨大的损失悲痛。

在这里我不敢提说到个人的私谊，这几年来我已经失掉不少能够了解我、鼓舞我、督责我、安慰我、帮助我的友人，如今又失去这个不可少的你！十二年来的关切、鼓励、期望、扶助（我永不能忘记“八·一三”以后两个月你汇款给我的事，那时你自己也是相当困苦的），现在都成了一阵烟，一阵雾。我在成都得到你的死讯回来，读到你生前寄出的告别信。我读了开头的几句：“无论属于公的或属于私的，我有千言万语需要对你说，但我无从说起，”我只有伏在书桌上淌泪，范兄，我不是在为你流泪，我是在哭我自己。

在你的告别信里还有两段我不能卒读的话，我不知道你是怎样把它们写下来的，你甚至带点残酷地说：

自去年冬至节以后，忽然变成终日喘哮不绝，且痰塞喉间，乎卢乎卢作响，咽喉剧痛，声音全部哑失。现由中西医诊断，谓阴历十二月一个月为生死关键。

最近几个月来我已受够了病的痛苦，因为喉痛，连鲜牛乳、鸡汁都不能自由的吃。四肢和身躯已成枯柴，仅剩了骨和不光泽的皮。我已不能自己穿衣，不能自己研墨执笔，我的身体可说完全失了自由。

在我们这些活着的友人中间有谁受过这样痛苦的病的折磨？又有谁能够忍受这一切而勇敢地一直工作到死？更有谁在自己就要失去生命的时候还能够那么热情地到处散布生命，写出洋溢着生命的歌颂生之欢乐的文章？倘若有一天我也到了你这样的境地，我不知道自己是否可以保持着你的十分之一的勇敢和热情，像一个战士那样屹立在人世的波涛中间？我更担心自己是否还可以像你那么宁静，那么英勇地去迎接死？

今天仍旧在这间堆满家具和书报的宽大楼房里，窗外街中响着喧嚣的汽车声，尘土和炎热不断地落到我的头上，身上，手上和纸上。时间已是开篇所谓“昨夜”后的第四天了，我的高热刚刚退尽。这几天里我不能够做别的事情，我就只想到你，我善良仁厚的亡友。你现在永远地离开我们了。一直到最后你还给我们留下一个战士的榜样，你还指示我们一个充实的生命的例子，你对自己，对朋友都可以说是毫无遗憾的。正如我在前面说的那样，你是尽了你的战士的任务躺下了，你把这广大的世界和这么多待做的工作留给我们。继续你的遗志前进，这正是作为你的友人的我们的责任。范兄！你静静地安息罢，我不能再辜负你的殷切的期望了。

从炎热的下午到了阴雨的深夜，雨洗去了闷热，但也给我带来寂寞。而且这是带点悲凉味的寂寞。一切都睡去了，除了狗吠和蛙鸣。十二年的友情又来折磨我的心。我从凌乱的书桌上，拿起你的信函，你那垂死的手写出来的有力的字迹，正在诉说十二年中间两个友人的故事。武庙中第一次的握手，也就是同样的写这信的手和拿这信的手罢，那么这应该是我们的最后一次的握手了。这样的告别，这是多么可悲痛的告别啊！

但是望着眼前你的活跃的字迹，我能够相信你已经离开了我们这个世界么？

凉风从窗外吹入，我伸出头去望天空，雨天自然没有星光，但是我的眼前并不是一片黑暗。我想起了一颗死去的星。星早已不存在于宇宙间了，但是它的光芒在若干年后才达到地球，而且照耀在地球上。范兄，你就是这样的一颗星，你的光现在还亮在我的眼前，它在给我照路！

1941年6月17日夜在重庆沙坪坝。

怀　念*

我读到报上香港陷落的消息，眼前仿佛突然落下一道帷幕，周围显得阴暗起来，又好像从外面吹进一股寒风，连屋内的空气也马上变冷了。

我呆呆地独坐在楼上房里。我的脑子起

---

* 本篇最初发表于一九四二年二月二十五日《现代文艺》第四卷第五期。

初迟钝得好像变成了一个铅块，半点多钟以后，我的思想忽然活动起来，而且活动得厉害。在这些时候我的眼前老是隐隐约约地现着你那和蔼的笑容。有一次你的盖着浓黑唇髭的嘴张开，用熟习的声音唤我的名字。但是我睁大眼睛，房内并没有一个人影，窗外安静地横着奇形怪状的石山。我才记起我已经有三个星期不曾得到你的消息了。

我的书桌上还摆着那封未发的信，你的姓名分明地写在信封上面，这里的朋友们常常谈起你，仿佛你随时都可以在我们中间出现，我们不相信你从此就失去踪迹。

三个礼拜原是很短的时期。不过在这些天里永远是大火、轰炸和激烈的战争；永远是饥饿、流血和种种可怕的传说。我们不敢想象你和一些朋友怎样在这种每一刻都接近死亡的环境里活下去。有人残酷地提出一个“死”字，又有人设想你们全进了敌人的掌握。但是我不能相信恶运已经践踏了你们，用一个悲惨的结局埋葬了你们的奋斗的一生。

在我这个楼房里打开窗户，便可以看见马路上、菜畦中摊开的冬日的阳光，宽阔的路上安闲地走着穿了各式各样衣服的男女。他们的笑声和话语常常轻快地飞进我的房里来。这周围的空气是很平静的，很愉快的。在这时候想到另一个地方的激烈的战争和残酷的屠杀，似乎是不可能。要是没有那几张凌乱地丢在屋角的报纸，我还会怀着平静的心情等候你的信，或者看见绿衣人推着脚踏车从马路走下屋前的空地，便匆匆跑下楼去，看有没有从你们那里来的信件。但是我现在不会做这样的事了。我知道等待是徒然的。你不会给我写信来，在你们所处的那种环境里你不会想到写信的事。你即使写了信，也不会有飞机把你的信载到我们这里。

在接连三个礼拜中我做了许多梦，有最好的，也有最坏的：你和一些朋友都平安地到了这里，或者你们都遭了不幸。像后者那样的噩梦更多，有一两夜它们甚至接连地追逼我。在那些梦中仿佛都有一只魔手扼住我的咽喉，或者一块大石压住我的胸膛，我不断地挣扎着，我终于完全醒过来了。但是我发觉自己躺在灰白色的寒夜里。包围着我的还是那静寂，可以摸到、嗅到、甚至可以看到的静寂。的确静寂带着一种难看的、绝望的惨白色，而且有一种搔痛人鼻子和喉咙的气味。它似乎没有开始，也没有终局。夜也是这样。我醒着，睁大眼睛望着夜，望着静寂。夜是那么深，静寂是那么浓，我的眼光又是那么微弱无力。于是我的眼皮又垂了下来。

继续来的梦仍然是噩梦。你们又遭遇到

不幸。我仍然在跟那些可怖的景象挣扎：残酷的轰炸，大屠杀，一个繁荣城市的毁灭。我自己等着接受和你们的相同的命运，或者我束手旁观你们流血。忍耐到了限度，我又挣扎地醒了，这一次我把一幅棉被掀到床下去了。我突然感到一阵冷。我坐起来，仍是灰白色的夜，仍是无边无尽的静寂。我下床去拾起被来。雨刷刷地落在窗外马路上，这好像是刚刚开始的。我打了一个冷噤，又睡进被里去。

过了一会儿我仍然睁着眼睛。除了夜和静寂，我什么也看不见。我疑惑地想：究竟先前的是梦，抑或现在的是梦？我想不透。我开始感到疲乏了。忽然我听见一个女人的声音，一个亲切的唤声：

“××，回来哪！”

接着是另一个女人的声音：“回来了。”

声音继续着，自远而近。同时我的房间里闪动着淡淡的灯光。我看见灯光和人影在窗纸上移动。我不知道走在马路上的是几个人，只听见“回来哪——回来了”的唤声。人们慢慢地走过去。听声音好像这全是女人。这深夜！雨没有停止，反而落得更急了。

但是那几个女人好像没有感觉似的慢慢地走着，叫着。在静夜里她们的叫声显得很凄惨。一声，两声……渐渐地低下去，去远了。

这是母亲为生病的孩子叫魂的声音。同路的大约也是病人的亲属。我不知道她们一共是几个，不过据我推想，多半是三个。我仿佛听见三个人的讲话声。这样一想，我立刻记起我在什么地方见过的一个景象了。不错，我在梭罗古勃的小说《古屋》[①]里看见了

---

① 《古屋》：陈炜谟译，上海商务印书馆出版。

的：三个女人在花园里月光下悲哀地唤着一个孩子的名字，她们等着那个永不会回来的孩子的归来。母亲哀痛地唤着：“波利亚，波利亚啊！”祖母含泪回答着：“波利亚不会来了，波利亚已经不在了。”姐姐向着月亮伸出手哭喊：“波利亚已经被绞死了！”三个人并排站着，望着月亮哭泣。

这母亲的心，亲人的心，是可以历万劫而不灭的。我不能非笑这样的女人，我甚至不想非笑在我窗下冒急雨、犯寒气、为孩子叫魂的迷信的妇女。难道她们真会叫回孩子的失去的“魂”么？自然不会。但是母亲的心有时也会治愈孩子的疾病。

雨仍在落。不知道怎样我的睡意被这一阵雨扫去了。我在床上翻来覆去地想着。我又想到你，想到你们。你们现在究竟在什么地方？为什么不设法透出来一点消息？或者你们真的不存在了？或者真的陷了在敌人的手里？这不可能！我不相信那些谣言。我想呼唤你们，尤其是你。（我和你曾经共过患难，一同在广州的大轰炸下逃出了性命，一起从广州的敌人虎口中逃出来。那次的情形和这次的应该有十分之四五的相似处，但是这次我却安居在这里，对你甚至无法伸出一只救援的手。）然而你们怎样能够听见我的声音呢？我奇怪：难道友人的心就不能像母亲的心那样万古长青么？我无法回答这个问题。

一个静寂的寒夜过去了。接着来的是同样一个痛苦的夜。我又被噩梦惊醒，而且我又听见三个女人在马路上走过去，一路叫唤着。我不能再闭上眼睛，我又在想一些事情。从母亲的心我又想到友人的心。这次我因为自己的“束手无策”感到苦恼了。为了安慰我的心，我呼唤了你们几个友人的名字。没有回应。我这声音是不能够越过山越过海的。

于是我只得求助于幻想了：第二天太阳刚刚出来就听见你在窗下唤我，我便下楼去为你开门，让你坐下，喝一杯你喜欢的酽茶，然后听你畅谈脱险的经过。

幻想终于是幻想。我又坐在窗前写这篇怀念的文章了。不，我在这里应该写“坐在楼下饭桌前面”，因为拿起笔开始写这篇文章时我坐在楼上房里，时间是十二月二十几日，现在却是一月十七了。病使我中途搁下笔：我打过一次摆子，好些天不能多用思想，不能做事情，我又白白地浪费了三个礼拜的光阴。这中间，除了谣言外，我得不到一点关于你们的消息。怀念把寂寞堆在我的心上和我的两肩上，我无法排遣，只得再拿起笔每天写一些字，我已经涂坏五张稿纸了。

以上三段是昨晚写的。今天是一个温暖

的晴天，这里发过两次警报。现在是午后一点半钟，第二次警报还没有解除，我关起门在楼下饭厅里写字，我仍然在写这篇短文。你看，我的心又在呼唤你们了。你为什么至今还不给我通个消息？你，你们未必到现在还听不见这样一个友人的呼唤？

我想，你们应该听见的，至少有一天你们会听见的。那么我希望你们早日安全地归来，和我们一起呼吸自由的空气。

1942年1月18日在桂林写完。

纪念憾翁*

工人堆上了最后的一撮土，细雨便跟着夜色来了。我又一次揭下帽子，晚风冰冷地敲着我的头，好像要给我唤起那些记忆似的。我转头望望四周，一片黄沙，一堆山影，几

* 本篇最初发表于一九四三年五月二十五日《宇宙风》第一三一期。发表时题为《纪念一个失去的友人》，署名芾甘。

憾翁：即林憾庐。他就是我的长篇小说《火》第三部（旧版本）里面的田惠世。

棵枯树，除了我们这一群十多个，再不见一个人影，工人们收拾了器具走了。我最后一次望了一下眼前的新家，然后戴上帽子。我也动身回家了。我的眼睛是干的，那里面没有眼泪，有的只是一个人的影子。我敬爱的亡友，你的影子送我走过那些泥泞的道路，一直把我送到篱笆门前。我到了家，看见那亲切地招呼着我的灯光。两所房屋紧紧地靠在一起，可是我回到了家，你的影子却永远地消失了。

厅堂里那张竹沙发上坐着另一位朋友。那里原是你从前常常坐的地方，那饭桌是你靠过的，那板凳也不知被你坐过多少次，那窗板也曾好几回由你亲手装上，那茶杯和茶壶上面应当还留着你的指痕。板壁和土地也曾听见你的爽朗的笑声，整个厅子似乎都在呼唤你回来。但是一屋子阴沉的脸色给了我一个多么绝望的回答：你永远不会回来了。

在外面爆竹声万马奔腾似地响着，空气里仿佛隐约地飘荡着一阵一阵的欢笑声。这是一个喜庆的日子，一个欢乐的日子。我们也想跟着这个城市发笑，我们也想说些吉庆的话，可是我们的笑容是忧郁的，我们的笑声是空虚的。便是最会讲话的嘴现在也显得笨拙了。朋友们用痛苦的眼光对望着，然后露出无可如何的微笑。大家都明白任何努力也不能够立刻除去各人心上的重压。我们开始觉得这种团聚是难堪的了，城里的朋友便借了种种的口实一个一个地走开了。剩下住在这里的几个人默默地对着一盆火坐了许久。

夜在接连不断的爆竹声中慢慢地走了过去，它并没有惊动我们。在隔壁你的房间里静静的没有声息，黑黑的没有灯光。我的眼皮渐渐地垂下来，朋友们也都埋下了头。方桌上一盏植物油灯也渐渐地暗淡了。我是在做梦吗？在这里并没有发生过什么事情吗？什么都还是同以前一样的吗？

我突然吃惊地睁大了眼睛。这不是梦。什么都没有改变。就只是你不会回来了，永远不回来了。

我敬爱的亡友，十三年前我们第一次见面的时候，也曾想到十三年后今天的这情形么？

十三年，那些数不清的长日子，我应当忘记了许多事情，可是你那时的面容还清晰地留在我的脑子里。我们没有机会讲许多话，我只默默地注视你那温和的微笑。这微笑经历了长久的艰苦的岁月都没有消去。它慢慢地把我拉向你的身边。在七年的沉默之后，我们偶然遇在一起，我又在你的脸上见到那同样的笑容。迟疑和拘束在一瞬眼的功夫完全消失了，我兴奋地握着你伸过来的手。友情从这里开始，苦难巩固它，欢乐装饰它。在寒冷中我感到它的温暖，在暗夜里我见到它的光辉。我开始为了七年的沉默责备自己。现在在一个平凡的面貌下面，我听到一颗善良的心的跳动了，我又开始为自己庆幸。

从那时到今天整整六个年头过去了。我不能计算这七十二个月中我从你那里得到多少东西。你太慷慨了，你为我打开了你那海似的心，让我的心灵在你的鼓舞、安慰、帮助下成长起来。有一个时期在上海租界里敌伪的魔爪向四处伸展，死亡在我们的周围窥伺，外面散布着种种的流言，人对自己常见的朋友都不能够相信了。一天晚上我接到几次朋友们警告的电话，我也把这似可信似不可信的消息用电话转告你。在电话中我听见了你那爽朗的笑声，我的心安了。这些日子里都是你的笑声引起我的笑声，你的镇定和乐观增加了我的勇气，你的豪侠的精神净化了我的心灵。正如在广州大轰炸中和从广州脱险出来的日子里，我因了你的友情的鼓舞而更勇敢地面对着死亡的威胁一样。在任何时候我都觉得我不是孤独的，甚至在危险当前、黑云蔽天、最绝望的时候。我原是一个渺小的人，但我现在也知道为大义献身；我原是一个心贫的人，但我如今也愿意做一块木柴给人间添一点温暖。我始终是在朋友的庇护下面生活的。你正是那些能够了解我、鼓舞我、安慰我、督责我、帮助我的友人中间的一个。现在我又能够在什么地方找到更多的这样的友人呢？

我不应当在这里唠唠叨叨地诉说个人的私谊。其实受到损失的不止我一个，还有更多的人在悲痛中过日子，她们失去了丈夫，失去了父亲，这损失更是不能补偿的了。在他们的旁边我没有权利悲叹哭泣。我更没有权利用过去的回忆折磨他们。你原是一个口如悬河的辩才，却默默地跟他们诀别。一瞥最后的注视，一滴最后的泪，你放心地闭了眼睛。你自己安息了，你也把安静留了给他们。一直到死，你都是一个谦和的人；一直到死，你都是在替别人着想。你永远想到别人，忘了自己。

我没有看到你跟死挣扎，我没有看到你在死面前显出胆怯的样子，你死去如同酣睡。“我没有病，我没有病，”你不知说了多少遍。我们不相信你的话。其实也许你比我们更清楚。你是有道理的，因为一直到最后还没有一个医生看出你致死的病源，而那个一口断定一个星期包好的“名医”，几次挺起肚子坐在车上经过你的门前，也忘记下车来问一句他卖出的几十颗高价的“特效药”是否灵验。要是你现在还有知觉，我想你一定会望着他发出你那爽朗的笑声。

然而我们却不能够笑了。我们不是大量的人，不能够宽恕那疏忽和愚蠢。他的轻率的诊断在许多人的心里挖了一条沟，那是无法填满的了，纵使我们活到百年的高龄。

我敬爱的亡友，原谅我又在这里诉说我个人的损失。不过你不会误解我的意思，我并非说你只是在几个人中间发光的人。你的死使神圣的抗战失掉了一个热烈的拥护者，使为正义奋斗的人失去了一个忠实的朋友。你是一个理想家，但你又是实际的人；你是一个虔诚的基督教徒，但你又和非宗教者做了好友。你在朋友中间发射着光彩，但是你单单为了一件小小的工作就牺牲了生命。的确，你是为了你那个“该死的刊物”（你骂它该死，更可见你是如何爱它！）死的。你为它牺牲了健康，牺牲了安乐，牺牲了家庭幸福，甚至冒着种种危险；你将自己的心血和精力熬成墨水，给理想多涂一点光彩，为抗战多尽一分力量。这些年来我就没有看见你闲过一天。最后躺在病床上，你还带着焦虑地筹划刊物的维持与发展。就在去世的前两天，你还关心地问起刊物的事情。你不会想到就在这么短短的时间以后，在你自己的刊物上会印出哀悼你的文章。

六年来我的眼睛牢牢地注视着你的生活。我看见你怎样挣扎，怎样跌倒，又怎样爬起来继续前进。没有人在旁边搀扶你一把，或者说几句切实的安慰的话，但你永远是乐观的，永远是谦和的，你从不怨恨别人，只是苛责自己。六年来你就没有畅快地休息过一天，你忠实地守着你的工作，你终于死在你的岗位上。固然，你的事业并未完成，你的抱负并未实现，但是你已经尽了你的职责死去了，你是不该有遗憾的。以后的责任应当由那些活着的人担负，希望他们能好好地继承你的遗志，实现你的抱负，让你更光辉地活在你的事业里罢。

门外寂无人声，夜是这么深了。我还坐在方桌前面拿起一支笔，写你的事情。这方桌就是你从前工作的地方，厅子里除了新添的一张写字台外，一切跟你在时完全一样。但这已是我写了开篇以后的一个多月了，也就是你离开我们以后的一个多月了。在灯光的四周聚着一团黑影，仿佛有一对眼睛在向我注视。我忽然听见了一声轻微的咳嗽，声音是这么熟。桌上正放着一杯热气腾腾的浓茶，我说："你坐下喝杯茶罢。"我惊喜地抬起头，可是只看见映在墙壁上的热水瓶的影子，没有一个人，我原来在对自己讲话。你是永远不会回来的了。

门外是一个落着细雨的夜，在那边，润湿的泥土下面一定很冷。但愿叫号似的风不要惊醒你的长眠。我想到伴着你的一片黄沙、一堆山影和几棵枯树，心隐隐地发痛了。原谅我这个自私的人，我独自享受了温暖的灯光和热腾腾的浓茶。……对着这一屋子的凄凉的静寂，我只有愤然掷下我这管秃笔。

1943年3月在桂林。

写给彦兄*

在报纸上看到你的死讯，我觉得心里很空虚。我躺了几个钟头，没有讲一句话。这时候我愿意我能忘记一切，但十几年前的往事偏偏来到我的眼前。是的，我的眼睛不肯休息，它们找回来那些我以为我早已忘却的

* 本篇最初发表于一九四五年五月二十五日《文艺杂志》新一卷第一期。

事情。我看见你穿着一件白衬衫，带着一个本地小孩走到鼓浪屿一家滨海的旅馆里来。在二楼那间宽敞的房间里，畅谈了一点多钟以后，我们成了朋友，那是十四年前的事。那次并不是我们第一次见面，而我知道你的名字，却更早六七年。在中学读书的时候，你的《灯》、你的《狗》感动过我。[1]那种热烈的人道主义的气息，那种对于社会的不义的控诉，震撼了我的年轻的心。我无法否认我当时受到的激励。自然我不能说你给我指引过道路，不过我若说在那路上你曾经扶过我一把，那倒不是夸张的话。我们十三四年的友情就建立在这一点感激上面。我始终没有让你知道我这小小的秘密。其实我何必要

① 《灯》和《狗》都是鲁彦（1901—1943）写的散文。

告诉你呢？在我们这些分多于聚的十三四年中间，我们也曾一同经历过苦难的日子，分享过朋友畅谈的欢乐。不论在泉州黎明高中的教务室里，上海法租界华北公寓的小房间里，或者上海信义邨的住家，或者桂林福隆街的寓楼，我没有看见你有过十分畅快的笑容。生活的担子重重地压在你瘦削的肩上，它从没有放松过你。这些年你一直在跟它挣扎，你始终不肯屈服，你要畅快地吐一口气。可是你愈挣扎，愈透不过气来，好像这就是对你的惩罚一样。我知道，要是你肯屈服、肯让步、肯妥协，你一定会过得舒适、安乐。你并不是不喜欢舒适和安乐的生活。然而你的性格不让你有片刻的安宁。你的性格使你拖着一大家儿女在各处漂流。在某一点上，你有些像罗亭。这并不是说你能说不能行，我是说你不能适应环境，你不能为自己建立一个安定的窝；你不能为了个人的安乐，忍受任何不公平的待遇。你到处撞，到处碰壁，可是长期的困苦并不曾磨去你的锐气。就是在患病以后，不管躺在床上，或是拄杖缓行，你还是昂着头在撞，你还是因碰壁而恼怒。后来你的声音哑了，结核菌蚕食着你的咽喉，肉体的痛苦跟随死亡的逼近一天天在增加着，你还是不肯放下你的笔，你还是不断地为你创办的《文艺杂志》焦心。到最后，你只能用铃子代替你的语言，你还是没有失去对生命的热望，你还是没有失去求生的意志。在先，没有人称你做一个战士。事实上许多年来你一直在奋斗，你想为你自己，也为别的一些人创造一个较好的环境，可是结果你终于痛苦地死在寂寞和贫穷里，像一个死在战地上的兵士，你没有看见胜利的希望就闭了眼睛。即使有人说你没有留下光辉的战绩（其实你一部分的作品不就是光辉的成就么？），但谁能否认你是一个勇敢的战士呢？

虽然我们之间有着十几年的友情，可是我没有资格论断你。我这里说的只是一个朋友的意见。认识你的人都有着他对你的一种看法。不管他看重你的好处，或者注意你的缺点。你两样都有，因为你是一个人。而且我们谁又没有更多的缺点呢？况且作为一个十几年的朋友，我在你的苦难中给过你够多的助力么？我分尝过你些许的痛苦么？我做过什么减轻你苦难的努力么？那么我还有什么资格在这里絮絮地谈到你，夸张地叙说我们的友情呢？

不，彦兄，你多少知道我一点，那么你会明白你的死使我失去了一些什么东西。正是在两年前，有一天傍晚你从桂林三家村寓所把我送到洋桥，我要你陪我进城，到一家小馆里吃点东西，多谈个把钟头，你因为天晚身体不舒服，不肯进城。我们站在洋桥头，随便地谈了一刻钟的闲话，然后你支着手杖一拐一拐地走了。我望着你那歪斜地走着的身影在逐渐加浓的夜色中消去，我的心忽然隐隐地痛起来，泪水迷糊了我的视线。彦兄，我不是在为你哭，我是在哭自己。我那时就想到在你身上也活着我一部分活动、快乐的岁月，它们快要跟着你死去了。这些年我哭过世弥、哭过范兄、哭过憾翁，现在又轮着我来哭你。每次我都在埋葬，我不是在埋葬你们（自有你们的亲属来使你们的遗体得到安息），我是在埋葬我自己的一部分。那就是跟着几个朋友遗体埋葬了的一些岁月，在那里面也许还有些金沙似的发光的东西。现在即使年岁能够倒流，我也找不到像你们那样的印证的人了。

今天，我坐在那间陈设凌乱的书店办公室里，对着一盏昏暗的电灯，给你写这封诀别的信，这一封你已无法看见、而我不得不写的信。门外是一条热闹的大街，隔壁戏园刚刚散场，一大群人的脚步和笑语，潮水似地在门外流过。接着又是小汽车急驶的声音，然后又是一男一女在大声相骂。一个卖炒米糖开水的小贩走过了。两个女人叽哩刮啦地走过了，又有人在大声喊“煮两碗抄手”。只隔着一堵墙！在门外，人们在享乐，在活动，在笑，在吵。在我这里却只有老鼠啃字纸的小声音，伴着我的，是寂寞，是一些折磨着我的回忆，还有一颗饱受熬煎的痛苦的心。永别了，我的亡友，在敌骑践踏的星子岩的土地中，你的睡眠不会是安适的罢。但是我们不久就会回到你身边来的。那时我要在你墓前背诵《灯》里面求母亲收回那颗爱人类的心的哭诉,《狗》里面那些漠视弟兄痛苦的自责。我还要告诉你,我怎样在我们两人都喜欢的地方“鼓浪屿”去寻找我们的脚迹。当你知道你是怎样地活在朋友们的心中时,你或者会原谅这个未能在你最痛苦的时刻来到你身边的友人罢。

1944年8月在重庆。

纪念一个善良的友人*

一

今天在街上看见一个背影跟你很相似的人，我几乎要叫出你的名字，可是我立刻想起你已经在三个月前离开这个世界了。

---

* 本篇最初发表于一九四六年一月十日《文艺复兴》第一卷第一期。

这大半年来，我的生活特别乱，我的心特别烦。过去的每个日子都给我带来新的追悔，新的苦恼，“生命的浪费”的感觉压迫着我。我像是一个被判定在监牢里憔悴一生的囚人，我不敢用思想，我怕触动我对于无法达到的东西的渴望。我又回到写《灵魂的呼号》[1]的时代了。可是那时候我还有我的一支笔，可以整天写出我心里的话，现在我有的却是那无数琐碎的事情。我无法摆脱它们。我始终绝望地挣扎，我在跟它们挣扎。这时候我多么需要友情的安慰和鼓舞。我想找个机会去你那里同你畅谈一两个整夜，因为在朋友中你是比较了解我而又愿意听我发

---

① 你一定记得十三年前我在你住的那个北平小小公寓里开头写的那篇短文。我知道你那善良的心对朋友的任何事情都不会忘记。《灵魂的呼号》在天津写完，发表在上海《大陆杂志》上，后来又作为“代序”印在《电椅》集的卷首。

牢骚的人，正如你自己所说，你“一直在系念着”我，而且恐怕再没有像你这样系念着朋友的人。并不是我没有机会。我知道你随时都欢迎我去。还是那些杂事耽误了我。于是我等着你进城，你去年十一月二十九日的信里还提过“不久就要进城‘就业’”的话。我一直在等着……等着。可是一月十八日早晨我突然在报纸上看到了你的死讯，是用小五号字排的，不过短短的三四行。我不能相信那是关于你的消息，你不能用这模糊的铅字的痕迹向朋友们告别。然而过了三个钟点，同你住在一个地方的左兄的快信到了：

> 崇群今晨三时二十五分长逝于江苏医院，因医院不能久停，无法俟友好齐至一瞻遗体始行安葬，爰定后日（十七日）上午九时落土，心痛笔重，容缓详告。

一切可能有的疑惑和希望都消灭了。想不到一张薄薄的信笺却能够毁灭那么多的东西。朋友，这次真是永别，你竟然一声不响地悄悄走了。这封短信在邮路上走了四天，我到十八日的下午才看到它。我赶到你长眠的地方，却只能看见一堆新土和两个纸制花圈。花圈上贴着白纸条："崇群先生千古……"。除了你的名字外，再没有什么东西使人相信躺在这松松土堆里的会是你本人。那是一个斜坡，旁边有两座简单的坟墓。不知道是怎样的人做了你的邻舍。你躺在那里应该是多么寂寞。

我在你墓前站了五分钟光景，我没有向你说一句话，或者行一个礼。我默默地跟着朋友们走到渡口去。要是在一个月前你一定会跟我们同去，可是现在我们却撇下了你。十四年的友谊就这样梦也似地结束了。离开那个地方的时候，我在心里暗诵着你从前写给我的那句话："我们无端的相聚又无端的别离了。"[1]

无端！难道这真是无端的么？

二

就在这一天的晚上，我睡在江的彼岸，半夜里风敲着窗，窗门被吹开了，寒气从洞开的窗户扑进来，把我从梦中惊醒。屋子里一片黑，外面是砂土飞舞的声音。我不能睡。寒风从四面八方袭来。身子的颤抖使我的脑子特别清醒了。我想到躺在土里的你……那个光秃的斜坡，那些经不住风吹雨打的松松的土块……最后我想到这天傍晚一个朋友告

① 见缪崇群著的《一对石球》。

诉我的你临死的情形：

“他真是太善良了，他一直到死都不愿意麻烦别人，”朋友左叹息地说。

“我从没有见过像他这样善良的人，”左太太说，眼圈已经红了。

我蜷缩在被窝里，一边低声念着他们的话，一边流着眼泪。

只有在这时候我才知道我的损失是多么地大。我失去了一些永远找不回来的东西，一些我应该珍惜却没有好好珍惜的东西，在我们相识的十四年中间，我不知错过了多少次和你相聚、和你通信的机会。我没有好好地认识你的纯白的心灵，我也没有尽我的力帮助你跟疾病、跟困苦挣扎，我也没有尽我的力帮助你安排一个较好的生活。我给你的只是一些空话，一些不能实现的希望。一直到你死，我没有能给你一点安慰，减轻你一些寂寞和痛苦。作为一个朋友，我辜负了你的信任了。

三

在这不眠的寒夜里，我重温着我们十四年的友情。在这动乱的、漫长的十四年中间，我目睹了够多的人世的兴衰，我忘记了不少的事。可是我们相识、相聚的情景还历历在目。

我回想着，回想着，我的心慢慢地温暖起来，黑夜也逐渐淡去，你那温和善良而带苍白色的面颜出现了，还是你那包着水的眼睛，微笑的嘴唇，带痰的咳声，关切的问询。这一切仿佛是永不会改变的东西。从最初的相识到最后的会晤，我没有看见你改变过一点，甚至不治的痼疾，甚至人世的苦辛，都不曾毁损了你的面容和心灵。

“九·一八”事变的前几个月，我去南京访左兄，在成贤街一个小楼上，我们第一次见面，没有经过第三者的介绍，我们各人说出自己的名字。我读过你的文章，你也读过我的作品。在我等候左兄的两个钟点里面，我们谈了将近一点半钟。这不是普通的寒暄，这是肝胆的披沥，心灵的吐露。我没有谈起我的过去，你也不曾说到你的身世，可是这天傍晚我们握手分别时，却像是相知数十年的老友。

过了一天我便回到上海。我们中间信函的往返就是从这时候开始的。当时你正代左兄编辑一份文艺杂志，我做了这杂志的长期写稿人。每个月在一定的日期我为你寄出一个短篇。你收到我的稿子，总是老实地写出你读后的意见，有时也不客气地指出我的缺点和错误。这态度，这习惯，你一直到死前两个月还保持着，虽然你早已不做杂志的编辑了。去年十月我的小说《憩园》出版，你还是它的一个精细的读者，你甚至为我指出那书中的一个“小毛病”（你客气地说，那是“小毛病”），而我自己和别的一些读过这小说的朋友都把它看漏了。

有一次（还是在“九·一八”前）我寄你一篇《我的眼泪》，这小说是为了纪念那个被称为“二十世纪最优美的精神”的意大利卖鱼者樊塞蒂写的。你第一封信向我叙说了你的感动，可是接着又来了第二封信，你愤慨地告诉我你为了我这篇文章跟杂志社负责人发生了争执。第三封来信说负责人已经让步，不再阻止发表这篇文章，却只要求将稿子压一期付排，你还预备以去就力争要我的小说早与读者见面。我感谢你对朋友的热诚和做事的认真，可是我不愿意你为这一件小事就放弃你的工作。我便另外写了一个短篇为你寄去。这就是我收在《短篇小说第一集》里的《一封信》，它占据了《眼泪》的地位。但《眼泪》在下一期杂志上也居然堂皇地与世人相见了。你应该是我见过的一个最有责任感的编辑罢。后来我又为你的杂志写了长篇小说《雨》，可是它只刊出一半，你就因病或者因为别的事情离开了杂志社，离开了南京。从这时起我就没有看见你的名字印在任何文艺刊物上面了。

“一·二八”沪战爆发的那个夜晚，我正在由京开沪的火车里面，车子开到丹阳又折回了南京，使我在那里同你多聚几天。在我那篇《从南京回上海》中，我这样写着：

……下午醒来，到一个朋友那里去。

朋友看见我便惊喜地说："原来你回来了！我们正在替你担心。"我很感激朋友的关心，但是我看见桌上的一张《新民报号外》，我的心又被沉重的石头压紧了。……

"看这情形，上海是没法回去的了，天津恐怕也危险你还是准备在南京多住几天罢。住旅馆不方便，搬到我这里来住好些。"这是朋友的殷勤的劝告，在平时我很喜欢听这样的话，但是这时候它们却把我的希望杀死了。……

在朋友那里所谈的只有愤激的话和痛苦的话。朋友也是一个有心而无力的人，他的身体比我的坏得多。他患肺病，最近还吐过血。他是需要静养的。我和他多谈话，只有增加他的痛苦。我看见他那没有血色的脸上怎样燃起了愤怒的

火。……我们的口只能够在屋子里叫，
我们的手只能够拿笔。……

一个星期以后我安全地回到了上海。过了几个月你也就到了北平。

这年九月我去北平看你，我在你那个小小公寓的小小房间里住过几个夜晚。那时你新结了婚，但是你让你太太住在岳母家，你一个人睡在公寓里养病。还是你那包着水的眼睛和微笑的嘴唇，只是精神较差一点。

关于这次的相聚，你写过一篇短文。你写着：

记得你来的时候，你曾那样关怀地问：
“在这里，听说你同着你的妻。”
“是的，现在，我和她两个人。”
我诚实地回答你，可是我听了自

己的答语却觉得有些奇异，从前，我是同你一个样的：跑东奔西，总是一个单身的汉子。现在，我说“我同她两个”——竟这样的自然而平易！

你来的那天白日，她便知道了她的寂寞的丈夫还有一个孤独的友人。直到夜晚，她才喘嘘嘘地携来了一床她新缝就的被子。

我于是为你们介绍着说：

“这就是我的朋友；这就是你适才所提到的人。”……

那夜，她临走的时候我低低地问：

“一张床，我和朋友应当怎样息呢？”

“让他在外边，你靠里。……没听说过——有朋自远方来，抵足而眠啊。”……

朋友，你在我这里宿了一夜，两夜，三夜……我不知道那是偶然，是命定，还是我们彼此的心灵的安排？

有一次你似乎把我从梦呓中唤醒，我觉出了我的两颊还是津湿。我几次问你晨安，你总是说好，可是夜间我明明听见了你在床上辗转。……[1]

你把这篇文章题作《一对石球》。那对有红色斑点的石球是我在颐和园里买来的，我打算把它们带回上海，却放在你那间小屋里忘记带走。你说要给我寄去，我更愿意把它们作为纪念物留给你。那次在北平我玩了好些地方，却只有两次拉着你和你太太同路。一次是游三殿，你们让我一个人进去，却坐在进门处石阶上等候我。你喘着气告诉我你

① 见散文集《寄健康人》(良友图书公司一九三三年版)中的《一对石球》。

委实没有力走到里面去了。你那时身体似乎很坏，连走路都很费力。你整天就坐在公寓里安静地度着日子。还有一次，我们坐车去看电影，到了戏院门口，你用力拖住我，好让你太太去买了票。我知道你的性情，我必须让你那愿意使每个人欢笑的心灵得到满足。从电影院出来我又跟着你们到附近一家广东酒楼去。我默默地看着你们夫妇红着脸（病态的红），带着欢笑张罗一切，我脸上露着笑，心里却只想哭。我也许只是一个卑微不足道的利己主义者，可是在这一刻我却愿意拿我一生中最好的时间来换取你们的健康。我不能给人间添一点点温暖，我活着不就是在浪费我的生命？

酒浇在我痛苦的心上，我醉了。回到公寓里我不想说话，我却拿出稿纸写起我的《灵魂的呼号》来。

第二天下午我离开了北平。你扶病送我到车站，你太太也去了的。开车的时候我从三等车厢里伸出头来，你们还站在月台上频频对我挥手。我万想不到这一别就是三五年，而且我永远见不到你那位好心的太太了。

在车上我想起了几句话，一到上海我就把它们写下来寄给你：

我无端的来，无端的去。打扰了你们好几天，分享了你们一些快乐，我带走了一些东西，也许还留下一些东西。可是过去的终于过去了。……

第二年秋天我又去北平，但是你们已经到南京去了。在一篇短文里我这样写着：

火车在细雨蒙蒙中离开了浦口，时

候是十一点钟。我没有留我的脚迹在南京，我是有遗憾的。……尤其使我挂念的是那个害肺病的朋友和他的夫人。他最近还写信给我说："你的心灵的纯洁，生活的洒脱，只要在我得到一刻沉静的时候，我便追怀着你：我是渐埋渐深的成了一个泥人了。我常常希望着因为我有痼疾而早结束了我的生命。"去年我在北平承他款待了一个多星期，和他在一张床上度过了那些夜晚，听了他多少次的咳声和梦呓。……我带走的他的印象到现在还没有褪色，依旧是去年那样地鲜明："心灵的纯洁"，只有他可以接受这个评语。但是没有人了解他。他如今在艰苦的生活的斗争里、社会的轻视的眼光下一天一天地衰弱下去了。每次我读着他那些混合着血和泪的散文，我的整个心灵都被扰乱了。我常常在心里狂叫着："他是不能够死的，他应该活下去，强健起来，去享受生活里的幸福。"但是谁能够使这愿望实现呢？……[1]

没有人回答我这个呼吁，后来连我自己在忙乱的生活中也忘了常常给你去信。我只寄过你两三册我著译的书，《秋天里的春天》便是其中的一本。这应该归罪于我，因为你困居南京，实在追不上我的脚迹。

但是在我去日本的前两夜，我还有机会在上海一家公寓里同你相见。记得你那时刚从南京来，暂住在一个朋友在公寓里定下的房间。小小的屋子里已经坐了四五位客人，他们应该是那位朋友的友人罢。里面有一个

① 见《旅途随笔》中的《三等车中》。

偶尔在《现代》杂志上发表一两篇短文的作家。我平日很讨厌他，看见他那油滑的面孔，我无法和你谈话，在那个不通风的房间里坐了不到半点钟，我就匆匆地告辞走了。我没有对你说明我匆匆告辞的原因，正因为“匆匆”，也忘了向你讨一个通信地址。

第三天早晨，浅间丸载着我向横滨驶去。三天后我到了那个地方。在那个岛国的居留期中，我改换了我的姓名，除了两三个朋友，没有人知道我的行踪。从这时候起整整有二十二个月我们没有通过信。我失去了你的地址，你也不知道我的踪迹。

然而两年以后，一个秋天的傍晚，我在上海意外地接到了你的信，我认出你的字迹，我高兴地对自己说：“我又找回他了！”可是拆开了信，我看到的却是这样的话：

……你还记得在南京，不，在这个广大世界上，有一个你系念过的人，你曾为他祝福，希望他生活下去，得到生活里的幸福……并且他也一直的在系念着你。病没有使他灭亡，还如你所希望的在生活着……就是你曾经把一对石球遗忘给的那个人，也是写了《一对石球》寄赠你的那个人。

朋友，五年的时光一霎间的过去了。如今除了我还在系念着我的几个私自景仰、私自向往的友人之外，怕再没有如我这样的在系念着我的友人了。我是一无所有的。你所希望于我的，生活下去，这便是我生活下去的一条荒凉的寂寞的路程。

朋友，你还记得你一度闯入我们蜜蜂一般的生活圈里，不但不曾把你看作生客，还把你当作蜂王，当作长老的我们么？一个人小心翼翼的为了你抱了新缝的被衾而来，一个人诚诚恳恳的留着你抵足而眠么？那一个是你知道的祖英，也许经过了五年你早已把她忘记了。她是一直的和我在一起，她是一直的和我一样为生活而苦苦挣扎。她在上月二十五日傍晚已经死去了，她想挣扎再也不能挣扎的向生活永诀了。

想到那些日子，才是我们生活的日子，想到那些日子里有过你，我们生活的日子才仿佛有过记录。现在什么都完了，祖英一死，连那些生活里有过记录的日子也没有一个人知道，没有一个人谈起了。

想到前年秋天她每天给我读一节你赠我们的《秋天里的春天》，我们每每随声对泣。爱巴达查尔师，又怨他。谁还料到祖英死后我再对你提起这个书中人物呢？

祖英临死的时候还说：她死，我将是世界上一个飘泊的人。我飘泊到什么地方去，又为什么飘泊，她就没有给我接话，连我也不知道！

正因为我是一个平凡地想平凡生活下去的人，我想我应该把这个消息告诉你。

打扰你了，我想着祖英，想着你，想着我还有自由可想的人……我就这样地再可以生活下去了吗？你该应我一声！

我读着这封信的时候，另一个和你相熟的朋友[1]正坐在我旁边，他也是两年多没有得

① 这个朋友便是靳以。

到你的信了。我把信拿给他看。我们默默相对，许久讲不出一句话。

我回想着那个红红脸的年轻主妇的面影，我暗暗地问自己：这不是梦么？为什么她这么年轻就离开这个世界？

可是这一次我不能再沉默了。我立刻写了回信。我盼望着“明年的春风会给你煽起生命的烈焰，给你吹散痛苦的回忆”，使你能够强健的活下去。

那个朋友也给你去了信，他当时正在上海编辑一份文艺月刊，要求你寄稿子来。你并没有寄过文章，可是我们间的通信却不曾间断过，并且一直继续到“八·一三”。

那个朋友在北平住得比较久。有一次我们谈起你，他才告诉我，你在北平还有一个老家。你住在那个湖南人开的公寓里的时候，你家里人知道你在北平，却不知道你住在什么地方。后来你父亲去世，你的兄弟登报找你，你才回到家里去主持你父亲的丧事。那个朋友就是在你的老家里和你第一次见面的。

你始终没有对我谈到你的身世和你的家庭，我也始终不知道你有一个什么样的过去。可是从那个朋友的口中知道你还有一个老家以后，我不久又读到你的一篇题作《棘人及其他》的文章。这篇文章是早已写好，早已发表了的，可是这时我才读到它。读你的文章仿佛在听你谈话，亲切、温柔，还夹杂了一点点哀伤。

我这次回到家里，已经隔了好几个寒暑。到家的那天，距父亲的死已是六天之后了。倘使我六天之前归来，也许在父亲衰老的脸上还弛下一条笑纹，在将要模糊了的脑中添一个还存在着的儿之印象罢？……

几年前我离开这无母的家，几年后我又回到这没有父亲在的家了。……

父亲躺在漆黑了的棺里，弟弟被满头满身的缟素包裹着……

父亲生前到学校用的书包，还原封搁在他的房里，所有的父亲用的东西，也都统统锁在一起。……[1]

这文章写成的日期是“一九三三年一月”。离我们那次在北平的相聚不过三个月光景。三个月！这么短的时期，你的生活里发生了多大的变化！我却无法在你的信里找到一句与它有关的话。为什么保持沉默呢？

---

① 见《寄健康人》。

虽然这文章告诉了我一些你没有对我讲过的事，可是我到现在还不明白你为什么脱离家庭。这中间也许有一段痛心的故事。但你为什么不让做朋友的分担一点你的痛苦？

现在你抱着你的痛心的“秘密”到永恒里去了。那里有你的妻，你的母亲，你的父亲，希望你能够在那里找到一个温暖、和睦的家罢。那么过去的就应该让它静静地过去了。

抗战的第二年，我在广州遇到左兄，从他那里打听到你的通信处。我寄了一封信到桂林去。不久你的回信来了。是一封短短的信。可是你告诉了我一些我愿意知道的消息：你活得相当强健，体力和精神都比从前好多了。你甚至兴奋地说起渴望看到抗战的胜利。

但是这封信带给我的快乐并没有继续多

久。敌人在大亚湾登陆，接着广州沦陷，我和几个朋友沿着西江辗转到了桂林。

到桂林的第二天我就在一家北方饭馆里遇见了你。还是那包着水的眼睛，微笑的嘴唇，苍白的面颜。你并没有什么大的改变！可是我觉得你胖了些，气色好看些，精神也好了些。我的眼睛证实了你的话，我当然高兴。你还告诉我，你现在能吃能走，还可以陪我走很远的路，游遍桂林的山水。

这以后，你果然陪我玩了不少的地方。在这个古城里我们常有聚谈的机会。后来你决定离开广西时，为了等候便车，你曾搬到我的寄寓里，同我们过了好几天愉快的日子。我说“我们”，因为当时在一块儿聚谈的还有一个“害怕过桥的少女”，她同你还是在那个古城里第一次相见，可是她不久就对着拾来的炸弹片为你编织绒线背心了。在《希望者》[1]中你称她做“一个好心的孩子”。这些年来她一直没有把你忘记。现在她作了我的妻，也作了你一个永不相忘的友人。前天她还捧着《眷眷草》垂泪，她一定在追忆漓水边上的美丽的日子，那些连炸弹同大火都不能使它们褪色的光辉的日子罢。

一别又是两年。这中间我走过不少地方，你也走过不少地方。可是后来我们终于在一处碰到了。那是重庆—北碚—北温泉：这三个地方，现在都还保存着我们的脚迹罢。

这次你还是没有什么改变，或者你故意不让我看见你有什么改变。我相信你的健康在逐渐恢复，我相信我们还有够多的聚首

① 《希望者》：见缪崇群著散文集《眷眷草》的第五辑。

的机会，我坚决地相信着未来，也相信着在“未来”里我们可以在一起过着比较理想的生活。在这时期我开给你的不兑现的支票更多了（在前一个时期我逼着你写文章，却只为你印过四本小书）。我给过你不少的希望，却终于看着它们一个一个地毁灭。我三次来重庆，三次和你在北碚见面同游北泉，都没有能够帮忙你减轻一点你心灵的痛苦的重压（我不说“物质”，因为你的生活原是那么简单）。尤其是最近这一次——我动身来渝的前一天在贵阳先后遇见你的两位老友（左兄和云兄）。他们都同我谈到你。一个说你的身体还可以支持（他用了“拖”字）若干年；一个说你渐渐地逼近险境了。我说去渝后一定设法为你安排一个较好的生活。可是在北碚看见你，我给你的还是一个空的希望。你对朋友始终无所要求。每次同游北泉，都是你殷勤款待。你为朋友，可以舍去你最后的汗衫。我存在上海的行李中还有你在桂林送给我的一件毛衣（我从桂林穿到上海，就没有能带出来），有一个时期它曾使我的身体得到了够多的温暖。

如今你终于没有得到朋友的帮助，静悄悄地死了。活着你没有麻烦朋友，临死你也没有麻烦朋友。[①]你病，我不知道；你死，我没有和你诀别。我未能到病床照料你的病，

① 你病中不让人为你写信通知朋友，就是在你得不到适当的照料使病势加重时，你也保守缄默（听说有一次你叫了一夜口渴，到天明才得到一杯水喝）。后来左兄知道你的病状，坚持着送你进医院去，那时你已经没有充分的生命力，跟那压迫了你多年的疾病继续战斗了。据说你一直到死并没有发出一声痛苦的呻吟，也没有留下一句告别的遗言。你死后脸上罩着和平的笑容，人看不见一点痛苦挣扎的痕迹，你好像是没有遗憾地安安静静死去的。你死后身边还留着可以偿付医药费的钱。并且你生前就已经把后事安排清楚，好像准备着随时随地死去，都不致烦累别人。

也未能送你的棺木入土。十四年的友情就这样静悄悄地结束了。想起你去年八月十二日夜间写给我的信里的那一段话：

你说了我的话：我们几个朋友终于有一个时候可以长久在一起生活，在一起工作的。战时我们分别或同住在帐篷里，战后我们更要建造一条船，一个小舢板也好，一齐在里面当作家，不只是家，恐怕还要渡过一面风不平浪不会静的大海，操作着，努力着，驶向我们真要向往的一个港湾，或一片处女地去。我的身体也许不会支持太久了，但是我从来没有放弃过这个念头。……

说这些话也许还渺茫，我也活得实在渺茫啊！

还有十一月十六日信里写的：

> 我现在希望着我的希望如同一坛酒，让它愈埋藏愈醇郁罢。

我真不知道应该怎样安放我的这一颗心！你对我从没有说过一句怨愤的话，但是我能够宽恕我自己么？

你的善良的宽恕一切的心已经在土里得到安息了。可是我，活着的我是得不到安息的。我每想到我那些没有兑现的空头支票，每想到我那些骗了你几年的空的希望，我的心怎么能熬得住那长期的苦刑！

四

风静了。我的四周是一片死寂。夜凉得

像水一样。黑暗中闪起一股灰白光。我知道寒夜快到了尽头。我的回忆也快到了尽头。在这短短的两三小时里我经历了十四年中的聚散和悲欢。现在这一切都得跟着寒夜逝去了。在那光秃的斜坡上，在经不住风吹雨打的松松的土块下，人们埋葬的不止是你的遗体和那些没有实现的希望，还有我过去十四年的岁月。那应该是我一生中最美丽的日子。青春、热情、理想、勇气、快乐……那些编织幻梦的年龄……它们已经跟着可以为我印证的友人同逝了。……

想到这，我只有痛哭。

但是崇群兄，我不是在哀悼你，应该哀悼的倒是我自己。我失去了我的一部分，我的最好的一部分；我失去了一个爱我如手足的友人。那损失是永远不能补偿的了。

永别了，我纯洁善良的友人。听说你在

病中说过，你不愿意死，不应该死。是的，你是不会死的。你给我们，你给这个世界，留下了九本小书。[1]那些洋溢着生命的呼声、充满着求生的意志、直接诉于人类善良的心灵的文字，那些有血有泪、有骨有肉、亲切而朴实的文章，都是你的心血的结晶，它们会随着明星长存，会伴着人类永生。

记得你说过：

> 惟有爱才是向荣的，正当的，幸福的。

---

① 《晞露集》（星云堂）、《寄健康人》（良友）、《归客与鸟》（正中）、《废墟集》（文生）、《夏虫集》（文生）、《石屏随笔》（文生）、《眷眷草》（文生）、《现代日本小品文》（翻译——中华）。还有一本散文集，我正在替他编辑，拟题作《碑下随笔》。

《碑下随笔》已收入《文学丛刊》第十集，一九四九年初出版。（一九五九年注）

又说：

我铭感着人间还有熏风，还有灵雨，还有同情，还有自然的流露，还有爱。[1]

你说了真话。正因为这样，你的充满了爱的心便不是那不治的痼疾所能毁灭的了。

1945年4月在重庆。

① 见《石屏随笔》。

纪念我的哥哥*

我第二次回到上海来，坐在你从前常常坐的沙发上，望着油漆剥落的墙壁和尘封的书架，我仿佛做了一场大梦。梦醒了。我疲倦。我闭上眼睛。我想休息。可是你来了，你站在我的面前。我睁开眼睛，我觉得你坐

---

* 本篇最初发表于一九四六年七月一日《文艺复兴》第一卷第六期。

在写字台前，背向着我，埋着头在写什么东西。我站起来，我想唤你，我要像从前那样地和你谈话。我先咳一声嗽。你的影子没有了。写字台前空空的没有人。屋子里这时候除了我，也没有别的人。我唤你，听不见回应。我提高声音再唤，那空虚的声音使我自己也吃惊。我用不着再骗自己了。我看见你病，我看见你躺在死床上，我看见你的棺木入土。我还能够在什么地方找到你呢？

我痛苦地、无可如何地叹了一口气。我又在沙发上坐下。我真应该休息了。我倦得很。我又闭上眼睛。可是我的脑子不肯静下来。它动得厉害。二十三年前的情景在我的眼前出现了。

两个年轻的孩子（不，那时候我们自以为是“饱经忧患”的大人了）怀着一腔热情，从家里出来，没有计划，没有野心，甚至没有一个指导我们的师友，我们有的只是年轻人的勇敢和真诚。一条小木船载走了我们，把我们从住惯了的故乡，送入茫茫人海中去。两只失群的小羊跑进广大的牧野中了。现在大概没有人记得我们当时那种可怜而可笑的样子，可是近几年来在重庆和桂林，每当寒风震摇木造的楼房时，我总会想起在南京北门桥一间空阔的屋子里，我们用小皮箱做坐凳，借着一盏煤油灯的微光，埋头在破方桌上读书的情景。我们在那间空阔的屋子里住了半年，后来又搬到前面另一间狭小阴暗的屋子里住了一年。在那些日子，我们没有娱乐，没有交际，除了同寓的三四个同乡外，我们没有朋友。早晨我们一块儿去上学，下课后一块儿从学校走回家。下雨的时候，我们两个人撑着一把伞，雨点常常打湿了我们的蓝布长衫。夏天的夜晚我们睡在没有帐子的木板床上，无抵抗地接受蚊虫的围攻。我们常常做梦，梦是我们的寂寞生活中唯一的装饰。此外就是家信。在故乡的家里还有我们的大哥。他爱我们，我们也爱他。他是我们和那个“家”中间的唯一的连锁。他常常把我们的心拉回去又送出来。每个星期里他至少有一封信来，我们至少也有一封信寄去。那些可祝福的信使我们的心不知奔跑了多少路程。我们并没有把那一年半的时光白白浪费，我们的确给自己的脑子里装进了一些东西。于是安静的日子完结了。在学校生活结束以后，我开始了飘泊的生活。那天你在浦口车站送我上火车，你温和地微笑着，嘱咐我“小心饮食，注意身体”。你的友爱温暖了我的心，在我跑了好些地方，碰了若干次壁，甚至在我靠着两个小面包和一壶白开水度日的时候，我想到你，我还觉得自己有着无比的勇气。我不肯让你知道我真实的生活情况，我不愿使你为我的苦恼分心。固然你一直过着安定的生活，但你的日子也并不是快乐的，况且你的心很细，你顾念别人常常多于顾念自己。以后不论在东吴或者燕京[1]，你都是过着一种苦学生的生活，有时你还不得不做家庭教师，领一笔微小的薪金来缴纳学费。你从不羡慕别人的阔绰，也没有为自己的贫苦发过一句牢骚。我的生活方式连累了你，我这个叛逆使你也失去了家人的信任。“家”渐渐地跟你离远了，信函的往来也常常中断。你心中的寂寞是可以想到的。你最后一年的求学生活应该是怎样痛苦的挣扎啊。但是你终于带着孤寂的微笑熬过去了。

毕业改变了你的环境，也给你带来一线

① 指当时苏州的东吴大学和北平的燕京大学。

的希望，你可以“自食其力”了。你找到了职业：天津南开中学的英文教员，——虽然待遇不好，但是这与你的兴趣相合。你借了债，做了两套可以穿上进课堂见学生的西服。你还为自己订下了一些未来的计划。可是打击来了。大哥突然服毒自杀，留下一个破碎的家。“家”需要我们。你毅然挑起这个担子，你按月寄款回去。你有限的收入变得更“有限”了。那些未实行的计划像空中楼阁似地一下子完全消失了。一块大石头压到你那刚刚昂起的头上，从此就没有看见你再抬起它来。像一只鸟折断了翅膀，你永远失去高飞的希望了。

你默默地忍受一切。或者更可以说，你放弃了一切。你在南开中学的宿舍里住了十年。你过得不算太苦，但也并不舒适。看电影是你唯一的娱乐。天真的年轻学生是你的朋友，他们给你的单调生活增加了色彩，他们敬爱你，你也喜欢他们。可是没有人知道你的内心。我到天津去看过你三次，最后一次却只住了一个夜晚。我看出你的疲倦、寂寞和衰老。我屡次想和你谈你自己的事，可是我始终无法打开你的心。你关心我倒多过关心你自己。有时我逼着问你，你总是拿“这又有什么办法呢？”一句话来封我的嘴。讲话时你常常带着笑容，但你的微笑是寂寞的，疲倦的。不知是什么东西消磨尽了你的勇气和热情，你不诉苦，但是你也不再挣扎。你默默地过着这平凡而和平的生活。可是你的脸颊却渐渐地消瘦，身体也渐渐地坏下去。离开你时，我总担心是否还能够和你再见。第二次我来到你的身边，你还是带笑地说你过得很好。但是你真的过得“很好”么？

十年毕竟过去了。为了换取这漫长的岁

月，你不知花了多大的代价。抗战后第二年秋天我从香港写信约你到上海，起初你还说打算再做一年教员，后来你改变了主意，离开大水中的天津来上海了。我比你早一个月回到上海，却一直没有得到你动身的消息。有一天下午我在楼上听见了你的唤声，我从窗里伸出头去，你站在大门前也正仰起头来看我。是那样一张黑瘦的面孔！我差一点不认识你了。

我握着你的手，我对你说我要让你在上海过几年安静的生活，你默默地点点头。我们在一块儿住了十个月，你得到了休息，但是没法治好你心上的创伤。音乐和翻译工作做了你排遣寂寞的工具。对工部局交响乐队星期日的演奏会你从没有缺过席，西洋古典音乐的唱片更是你分不开的伴侣（你尤其爱好声乐，自己也喜欢唱歌）。岗察洛夫的名著《悬崖》在这十个月中译成了，你又开始作翻译《奥布诺莫夫》的准备。可是这一切并没有减轻你的寂寞，相反的它们还使它增多。你的生活圈子似乎变得更狭小了。

我在法国战败后一个月离开了上海。你把我送上直航海防的轮船。开船时，我立在甲板上对你挥手，在你旁边还站着后来被日本人捉去至今生死不明的友人陆圣泉。你在岸上对我微笑，圣泉也对我微笑。我当时哪里想到这便是映入我眼里的你们两人最后的笑容了！

一眨眼就是五年，这五年中间我们整整有二三十个月不曾通过一封信。日本兵占了上海租界，普遍的迫害开始了。圣泉遭了毒手。你小心，我也不愿给你招来意外的麻烦。在桂林我还接过你的短函，在重庆我却无法知道你的生活状况。路完全隔断了。后来我才听说你也在暗中打听我的消息。你也许担心我在湘桂大战中做了一件不值得的牺牲品。事实上我却很健壮地活在重庆。

“胜利”意外地来了。我最大的快乐就是我可以和留在上海的你们见面。我打了电报去上海。回电说你大病初愈，圣泉下落不明。你要我即刻去沪。可是交通工具全被“官”字号的人占去了，我们这类于抗战无功的人是没有资格“复员”的。我等待着。等了两个多月，我赶到上海，你已经躺在病床上了。据说你是在两天以前才病倒的。病势不重，就是体力太差；上次的病是肋膜炎，还经过危险期，在床上躺了两个多月，靠着朋友一家人的照料，终于好了起来。

那个晚上我们睡在一间屋子里，你很兴奋，拉着我谈了许多话。我要你休息，劝你少讲话。你说你不累，你一定要跟我谈个痛快。你还说，每天谈几段，谈两个星期便可以把你想说的话谈光。我一定不让你多谈，我说有话等你病好了慢慢讲。

我在上海住下来，我过的仍旧是忙乱的生活。我还避免和你单独谈话的机会，我害怕多说话使你伤神。你说你的病不要紧，我也以为你的病不要紧，你需要的只是休息和营养。我相信你不久便可以好起来。并且看见你在朋友家里得着很周到的看护，我十分放心。每天大清早，我刚睁开眼睛就听见你在病床上自语："好多了，好多了。"那是你量过温度后用高兴的声调说的话。我也高兴，又蒙着头睡去了。我万想不到你这样骗了你自己，也骗了我。但我的疏忽是应该受指责的。我起初并没有注意到你病势的加重，后来还是一个朋友提醒了我，要我送你进医院去。我的劝告你不肯接受，我又无法强迫你做你不愿意做的事。我向你谈过几次，都没有用。最后你回答我："过两天再说。"这样又拖了两天。终于你认输似地说了出来："那么还是早进医院罢，今天我觉得体力不成了，起床大便都感到吃力了。"

靠着另一位朋友的帮忙，第二天你便住进了医院。你喜欢静。病房外面便是一个幽静的小花园。透过玻璃窗你可以望见一片绿色。关上房门，屋子里没有一点声音。"三哥，你满意吗？"有人问你。"满意，"你点头回答。我们预备让你在这地方至少住两个月。谁也没有料到，你就只有七天的寿命。

在这七天中你似乎并没有痛苦。对于询问你病状的人，你总是回答："蛮好。"就在你临死的前两天，你还是觉得自己"蛮好"。没有呻吟，没有叫号，你安静地躺在床上，并不像一个垂危的病人。那个晚上，我在病房里陪了你一个整夜，你时眠时醒，好像要对我说什么话，却始终讲不出来，我听见的只是一些断续的字。你似乎有些激动。可是第二天你又得到了安静的睡眠，而且清醒地对我们讲话。看得出来你的精神更差了。我们虽然担心你的体力支持不下去，却没有想到你那么快就离开我们。你自己不相信你会死，我们也不相信你会死。可是死突然来把你抓走了。

你死的时候我不在你身边。早晨我刚起床就得到医院里来的电话。“三哥完了，”一个朋友这样告诉我。我没有流泪，站在电话机前我不知道应该做什么好。我把这个消息转告朋友的太太，她立刻哭起来。这个好心的女人，这些年来她一家人在最黑暗的时期中给了你友情的温暖。为了挽救你的生命，他们已经尽过力了。

我赶到医院。病房的门大开着，你静静地睡在床上，白色被单盖着你的身子，我揭开面纱，看你的脸。一夜的功夫，你变得这么瘦，这么黄，这么衰老！两眼紧闭，脸颊深陷，嘴微微张开。我站在床前，咬着嘴唇，我在心里讲了一句话，我等着你的回答。

你没有声音。朋友把面纱给你盖上。另一个友人带来两束鲜花放在你的身边。看护小姐要我们退出病房。我们站在窗前阶上等候殡仪馆的柩车。这等待的时间是很痛苦的。我们谁都不愿讲一句话。我不平地问着自己：这就是死么？你一生就这样地完结了么？我不忍回答。死毁坏了一切。你原说过你等着我回来有许多话要对我讲，有一些梦要我帮忙你实现。现在这一切都成了一阵烟，一阵雾。你没有能讲出什么来，也不曾从我这里得着什么安慰。你默默地走了。据那个朋友说，你临死时只发出一声轻微的叹息。

下午两点钟你的遗体在上海殡仪馆中入殓。九天后我们把你葬在虹桥公墓。活着你是孤零零一个人，死了你也是孤零零一个人。你留下两部未完成的译稿（岗察洛夫的名著《奥布诺莫夫》和威尔斯的长篇小说《莫洛博士岛》），一部已译完待整理的中篇小说《女巫》（亚·库普林著），一本已付印的三幕剧《战争》，一本法国通俗小说《无名岛》，和十多篇零碎的短篇译文。此外便是朋友和学生对你的敬爱的纪念了。

从墓地回来，我非常疲倦。我已决定两天以后回重庆去。我坐在你住了五年的楼房里，回想着我这一个月来的上海生活。我来，我去，你病，你死，一切都是这么匆匆。我再想到在这短短的聚合中你对我说过的那些话，那些事，我才明白你是这世界上最关心我的一个人。可是在我多么需要你的时候，你却永远离开我去了。

“活了四十多年，没有做出什么事情，这是多可悲的事，”你对我说过这样的话。可是你死得并没有遗憾。你活着时没有害过谁，反而常常把你有限的收入分给别人。你做过十年的中学教员，不少的学生得过你的益处，他们常常带着敬爱谈起你，但是你自己却喜欢谦逊的平凡生活，始终不让人把你看作青年的导师。你像一根火柴，给一些人带来光与热，自己却卑微地毁去。你虽然没没无闻地过了一生，可是你并没有白活。你悄悄地来到这个世界，又悄悄地走了。你不愿意惊动别人，但是你却播下了爱的种子。再过四十年你的纪念也不会死的。……

我睁开眼睛，屋子里还是静静的。有人在二楼讲话，还有人在笑。在半点多钟的时间里我又经历了过去二十三年的悲欢。现在是你死后的第六个月了。我真疲倦，我想休息。我应该暂时把你的事忘掉了。我站起来。

可是在离我们家乡不远的地方有一个称你做“亲爱的爹爹”的女孩，我不能忘记她。那是我们大哥的女儿，在她很小的时候就“过房”给你的。这个多情的孩子没有见过你，却十分爱你。她把许多梦寄托在你的身上。在八九岁的年纪，她就常常说：“我要到下面去找我的爹爹。”现在她已经做了两年小学教师，却始终得不到跟你见面的机会，而且永远不会有这样的机会了。我不愿伤害她的心，把你的死讯瞒着她。但是她那敏感的心已经猜到了一切。人告诉我，有好几个星期天，她回到家里不笑，也不讲话，最后她生母问她为什么不给她的“爹爹”写信，她哭着回答：“用不着了。”她知道她一切的梦全破了。为什么不让她和你见一面，住一个时候？为什么不给她一个机会，让她对你倾吐她的胸怀，叙说她的梦景？她喜欢音乐，像你一样；她热诚待人，像你一样；她正直，她无私心，也像你一样。你们在一块儿，应该是一对最理想的父女。为什么她这个小小的要求也不能够得到满足？让她在这样的年纪就尝到永不磨灭的悲哀？

没有人来回答我这些不平的疑问。你已经和平地安息了。可是那个善良的孩子前面还有长远的岁月。她最近还来信诉说她的悲痛。我无法安慰她。我希望你的纪念能够给她勇气，使她好好地活下去，让她能够得到一般年轻人应当享受的人间幸福。可怜的孩子！

1946年5月在上海。

忆施居甫*

朋友居甫去世快四年了。四年中我只读到两篇短短的纪念文，是两位老友写的，文章都不错，但好像不曾得到人们的注意。居甫死得很寂寞，生前似乎也少有人看重他，何况死后。他富于热情，待人宽厚，对朋友

---

* 本篇最初发表于一九四七年四月十五日《文艺知识连丛》第一集。发表时题为《忆居甫》。

很热心，学、识都不差。并且他还有理想，不是那种认为“人单是靠着吃米用钱活着”的人。可是他穷，又有不治之疾（肺病）。他老实，又不喜欢装模作样。所以他虽有一颗“黄金的心”，却不受那班喜欢赶热闹的人欢迎。他朋友亲戚中发财的，并非没有，可是他从不向他们求助。后来他的肺病到了第三期，他还支持着病躯，靠“舌耕”来养活自己一家人。临死，他只是一个平庸的中学教师。唯其平庸，他的真诚才能够感动年轻的心灵，在病中他教的一班学生自动地凑了一笔医药费送给他，使他得到几个月的休息。他一个人、一家人所需要的有限得很，可是连这一点点，他也没有得到。他是一个愿意为社会牺牲自己的人，而社会对他却非常残酷。我和两三个朋友曾经商量好一个帮助他养病的计划。但是这计划也不能救活他。

我最后一次见到他时，他伏在床上，脸压在枕上，屁股翘得高高的，样子非常痛苦，似乎昏昏沉沉地睡去了。我第二天早晨便要离开成都，我是来向他辞行的。我和他太太谈话时，他忽然醒了起来，抬起头看我。

“你睡罢，我就要走的，”我说。“反正我明年还要回来。”我又加了一句，只是为了安慰他。

“好的，明年回来，我们可以多在一起谈谈，”他含笑说。“那时我身体该比现在好些了，”他也加了一句。

“一定的，一定的，”我微笑说。我怕引起他多谈话，会增加他的痛苦，便匆匆地告辞走了。他紧紧握着我的手，送我到房门口。

第二天，我动身去重庆。四个月后，我在桂林得着他病故的消息。以后我就没有听到人提起他。他的死似乎不曾惊动别人，犹如他活着、他生病时也不曾惊扰过人们一样。到现在我还不知道他的遗体葬在什么地方。我没有写信到他家里去问过。我原以为前年、去年我会回成都，至少可以在他的墓前停留片刻，我作过两次旅行的准备，结果我一步都没有走。最后我离开四川到上海来，跟他的家、他的墓离得更远了。现在，我还不知道什么时候再回成都去。

我认识居甫，早在二十五年前，我们一块儿编印过一份刊物，我们常常在印刷所里见面，那时我还是十六七岁的孩子，他似乎比我年长许多。可是我们处得好，谈得来。这些日子多么值得人怀念！但是后来刊物夭折，我们见面的机会也就少了。

我们一别便是十八年。他并没有改变多少，除了身体差一点。其实他以前脸上就没有血色，现在也只多了一点病容。那次我只在故乡停留了一个多月。过一年，我再回去，又住了一百多天光景。这两次回乡，我和居甫聚谈的机会很多，并且谈得很痛快。他告诉我，他过去十八年间的工作与生活，也说了他未来的工作计划。他希望过几年安定的生活，不必为一家人的衣食奔走。那么他可以安静地做他的社会与经济两方面的调查工作，完成他计划中的几部著作，关于四川，特别是成都，他知道的实在不少。过去的掌故和现在的情况，无论关于哪一方面，你向他问起，他总会给你一个满意的、详尽的答复。他肚子里装了不少的东西，他本身就是一部大书。“你快点写出来罢，”我和几个朋友常常这样催促他。“我会写的，”他笑着回答。

可是他怎么能从容地整理那一堆材料，从容地写出他那些著作呢，当他一家人必须活下去，他的孩子们必须进学校念书的时候？生活的担子重重地压住他瘦弱的肩头，压倒了他，甚至压死了他。他那些未写成的著作，也被它压毁了，最可惜的是他那颗“黄金的心”。

居甫是一个能够安贫的人，可是命运对他太坏了。我第一次回成都，听见他谈起他的大女儿的种种好处。她的确是一个可爱的孩子，能干，温厚，勤勉，和顺。她爱父亲而又了解父亲，她是他生活里最大的安慰，我庆幸他有了这样一位“千金”。她那一学期就要在高级师范学校里毕业了，她正计划着暑假后怎样分挑她父亲肩上的担子。但是一年后我再去他家，他却含泪地对我叙说他那个女儿的死亡。这以后，朋友们就很难看见他展眉的时候，他终日悒郁，一直到死。

他是一个从不知道自私的人。他为别人，常常忘了自己。我两次在成都，得他帮助的地方很多，我欠了他一笔不小的友情的债。我知道这是出于他对友人的热诚，他不望报答，我也不敢对他说报答的话。在这些时候，我每次见到他那没有血色的消瘦的脸，听到他那空洞的声音，看见他那迟缓的脚步，我会惊奇地想：这个人，他受着社会的歧视、疾病的侵蚀，他的呼吸随时都会断绝，眼睛随时都会永闭，他一只脚已经跨进了另一个世界，这样的一个人，怎么还有那么多的热情，那么多的友爱来慷慨地分给朋友！从他的温和善良的眼光里，我认识了一个美丽的精神。我感到惭愧，我受到鼓舞。

居甫颇像我的另一个朋友范予，一直到最后都在撒布生命。不同的是范予用笔写了不少的文章，影响较大；居甫用行为，替别人奔走，只有少数人对他感激。但是影响不论大小，辗转相传，永远有人受益，而且生命永在，撒布生命的人也可以不朽。

居甫“死”得寻常。但是我想他不应该有遗憾。而且生当“乱世”，凡有善行善言的人往往不得“善终”。居甫虽死得寂寞，但是他能够在妻儿陪伴中安然逝世，也算是幸运。他得到了解脱与休息，我没有理由为他悲。只是失去了这样一个好心的朋友，我更要感到寂寞了。

1946年7月28日。

怀陆圣泉*

六年前一个夏天的早晨我坐“怡生轮”去海防。圣泉赶到金利源码头来送行。开船时，他和我哥哥都立在岸上对我微笑。我对他们说，两年后再见。

我绝没有想到这就是我和圣泉的最后的

* 本篇最初发表于一九四六年十一月二十二日上海《大公报·文艺》。发表时题为《怀蠡兄》。

一面。

我离开上海后第二年，在成都得到圣泉被捕的消息，那是从桂林传来的，后来又听说他已经出狱。但是我到了桂林才知道他入狱后下落不明。我各处打听，一直得不到确实消息。朋友们见面时，常常谈起圣泉，我们想念他，暗中祝他平安。有时在静夜，我们三四个友人对着一盏油灯围着一张破旧而有油垢的方桌寂寞地闲谈。桂林郊外的寒气从木板壁缝侵入。我们失去了热情。怀念和焦虑在折磨我们。我们的谈话变得没有生气了。我们便安慰自己："等到抗战胜利了，圣泉就会回到我们中间来的。"

四年来我们就用这个希望来安慰自己的焦虑的心。时光在木板壁缩裂时发出的清脆响声（那是我们静夜中的音乐）中匆匆逝去。抗战终于胜利，我们几个朋友也终于回到上海。可是圣泉一直没有消息。他就这样令人不能相信地失踪了。

我不愿相信他已经死亡，所以我不想写纪念他的文章。一个像他那样爱憎分明而且敢爱敢恨的人不能死得这么简单。他有着那么强烈的爱，绝不能不留下一点踪迹。我们固然不能相信他活，但是我们也没有证据证明他死。只要希望未绝，我们愿意等待一生。

虽然他是一个视死如归的人，但他为什么必须死呢？他与其说是被捕，不如说是自首。日本人找不到他，他自己走到捕房去，准备跟那些人讲道理，辩是非。他有着强烈的正义感，他相信敌人也会在正义面前低头。据说他唯一的罪名就是他的口供强硬，他对敌人说，汪精卫是汉奸，大东亚战争必然失败。他可能为这几句真话送命。可是许多干地下工作的人都保全了生命，为什么敌人偏偏毒恨这个赤手空拳的书生，必欲置他于死地？有人揣测他受不了牢中苦楚，患病身亡。但他是一个身心两方面都健康的人，再大的磨炼他也必能忍受。

以上是议论、猜想、耽心。而事实却是他那时和两个朋友守着书店[①]，书店被抄去两卡车的书，他失去了踪迹。书店保全，他却不见了。

我和圣泉相知较晚。“一·二八”沪战后一年我在福建泉州看朋友，在一个私立中学里第一次看见他。可是我们没有谈过十句以上的话。他给我的印象，是一个沉默寡言的人。抗战前两年我参加了书店的编辑工作，第二年他也进来做一部分事情，我们才有了谈话的机会。抗战后，书店负责人相继

---

① 书店：指文化生活出版社。

离去，剩下我们三四个人维持这个小小的事业。我和他都去过内地，但都赶回来为书店做一点事情。共同的工作增加了友情，我们一天一天地相熟起来。在一年半的时间内，我们常常在书店见面。一个星期中至少有一次聚餐的机会，参加的人还有一位学生物学的朋友[1]。我们在书店的客厅里往往谈到夜深，后来忽然记起宵禁的时间快到了，我和那位生物学者才匆匆跑回家去。在那样的夜晚，从书店出来，马路上不用说是冷冷清清的。有时候等着我们的还是一个上海的寒夜，但我的心总是很暖和，我仿佛听完了一曲贝多芬的交响乐，因为我是和一个崇高的灵魂接触了。

我这种说法在那些不认识圣泉或者认识

① 即《蛋生人与人生蛋》等书的作者朱洗。

他而不深的人看来，一定是过分的夸张。圣泉生前貌不轩昂，语不惊人，服装简朴，不善交际，喜欢埋头做事，不求人知。他心地坦白，忠诚待人，不愿说好听的话，不肯做虚夸的事。他把朋友的意义解释得很严格，故交友不多。但是对他的朋友，他总是披肝沥胆地贡献出他的一切。他有写作的才能，却不肯轻易发表文章。他的散文和翻译得到了读书界的重视，[1]他却不愿登龙文坛。他只是一个谦虚的工作者。但这谦虚中自有他的骄傲。他不是“文豪”、“巨匠”，甚至他虽然真正为“抗”敌牺牲，也没有人尊他为烈士。他默默地活，默默地死（假定他已死去）。然而他并不白活，他确实做了一些事

① 他用陆蠡的笔名出版了三本散文集：《海星》、《竹刀》、《囚绿记》和三册翻译小说《罗亭》、《烟》（都是屠格涅夫的作品）和拉马丁的《葛莱齐拉》。

情，而且也有一些人得到他的好处。但是这一切和那喧嚣的尘世的荣誉怎么能联在一起呢？那些喜欢热闹，喜欢铺张，喜欢浮光的人自然不会了解他。

在我活着的四十几年中间，我认识了不少的人，好的和坏的，强的和弱的，能干的和低能的，真诚的和虚伪的，我可以举出许多许多。然而像圣泉这样有义气、无私心、为了朋友甚至可以交出自己生命、重视他人幸福甚于自己的人，我却见得不多。古圣贤所说“富贵不能淫，贫贱不能移，威武不能屈”，他可以当之无愧。

有了这样的朋友，我的生存才有了光彩，我的心才有了温暖。我们平日空谈理想，但和崇高的灵魂接触以后，我才看见了理想的光辉。所以当我和圣泉在一起的时候，我常常充满快乐地想：“我不是孤独的。我还有值得骄傲的朋友。”我相信要是我有危难，他一定会不顾一切地给我援助。

我和他就是这样的朋友。我认识他的心灵，而且和它非常接近。我对人说我了解圣泉，我谈到他的刚直，他的侠义，他那优美的性格和黄金的心。然而要是有人向我问起他的生平，他的家世，甚至他的年龄，我却无法回答，唯一的原因是我不知道。我认识的只是他的人和心，此外便是他的文章。别的，他从未对我谈过，我也始终没有向他问起。胜利后回到上海，我才知道他台州的家里还有年老的双亲和他前妻留下的女儿。在上海我才见到他新婚的太太。听说他和她只过了一个半月的结婚生活。现在她已经空等了四年了。

朋友们登过报找寻他，又曾在各处打听他的下落。有一个时期，我们还梦想第二天早晨他提着一只箱子在外面叩门。又有一个时期我们等待一封不识者的来信，告诉我们圣泉死在何时，埋骨何处。又有一个时期我们盼望着他从太平洋某岛上集中营里，寄来信函，向我们报告他还健在。

但是，这一切都成了一场空，我们又白白地等了一年了。自然我们还得等待下去。难道真要我们等待一生么?

一个崇高的心灵就这样不留痕迹地消失了，这是可能的么？我常常这样问自己。

我知道，万一他还活着，万一他能看到我这篇短文，他一定会责备我："在中国有那么多的人在受苦，你们为什么只关心到我一个？"

是的，在我们中国每天有千千万万人死亡，许多家庭残破，生命像骨头似地被随意抛掷。一个读书人的死活更不会有人关心。

然而就在这样的中国，也有人爱理想，爱正义，恨罪恶，恨权势，要是他们有一天读到圣泉的书，知道圣泉的为人，明白他的爱和恨，那么他们会爱他敬他，他们会跟着我们呼唤他，呼唤他回来，呼唤那个昙花一现的崇高的心灵重回人间。

1946年11月在上海。

附　录

我的哥哥李尧林*

一

前些时候我接到《大公园》编者的信，说香港有一位读者希望我谈谈我哥哥李尧林的事情。在上海或者北京也有人向我表示过

---

* 本篇最初连续发表于一九八三年八月二十三至二十五日香港《大公报·大公园》，后收入《随想录·病中集》。

类似的愿望，他们都是我哥哥的学生。我哥哥去世三十七年了，可是今天他们谈论他，还仿佛他活在他们的中间，那些简单、朴素的语言给我唤起许多忘却了的往事。我的“记忆之箱”打开了，那么一大堆东西给倾倒了出来，我纵然疲乏不堪，也得耐心地把它们放进箱内，才好关上箱子，然后加上“遗忘之锁”。

一连两夜我都梦见我的哥哥，还是在我们年轻的时候，醒过来我才想起我们已经分别三十七年。我这个家里不曾有过他的脚迹。可是他那张清瘦的脸在我的眼前还是这么亲切，这么善良，这么鲜明。我不知道自己还可以工作多少时候，但是我的漫长的生活道路总会有一个尽头，我也该回过头去看看背后自己的脚印了。

我终于扭转我的开始僵化的颈项向后望

去。并不奇怪，我看到两个人的脚印，在后面很远、很远的地方。在我的童年，在我的少年，甚至青年时期的一部分，我和哥哥尧林总是在一起，我们冒着风雪在泥泞的路上并肩前进的情景还不曾在我眼前消失。一直到一九二五年暑假，不论在家乡，还是在上海、南京，我们都是同住在一间屋子里。他比我年长一岁有余，性情开朗、乐观。有些事还是他带头先走，我跟上去。例如去上海念书这个主意就是他想出来，也是他向大哥提出来的。我当时还没有这个打算。离家后，一路上都是他照顾我，先在上海，后去南京，我同他在一起过了两年多的时间，一直到他在浦口送我登上去北京的火车。这以后我就开始了独往独来的生活，遇事不再征求别人的意见，一切由我自己决定。朋友不多，他们对我了解不深，他们到我住的公寓来，大家谈得热烈，朋友去后我又感到寂寞。我去北京只是为了报考北京大学。检查体格时医生摇摇头，似乎说我的肺部不好。这对我是一个意外的打击，我并未接到不让参加考试的通知，但是我不想进考场了。尧林不在身边，我就轻率地做了决定，除了情绪低落外，还有一个原因，我担心不会被录取。

从北京我又回到南京，尧林还在那里，他报考苏州东吴大学，已经录取了。他见到我很高兴，并不责备，倒安慰我，还陪我去找一个同乡的医生。医生说我“有肺病”，不厉害。他知道我要去上海，就介绍我去找那个在“法租界”开业的医生（也是四川人，可能还是他的老师）。我在南京住了两天，还同尧林去游了鸡鸣寺、清凉山，就到上海去了。他不久也去了苏州。

他在苏州念书。我在上海养病、办刊物、写文章。他有时也来信劝我好好养病、少活动、读点书。我并没有重视他的劝告。我想到他的时候不多，我结交了一些新朋友。但偶尔遇到不如意的事情，情绪不好时，我也会想到哥哥。这年寒假，我到苏州去看他，在他们的宿舍里住了一夜。学生们都回家去了，我没有遇见他的同学。当时的苏州十分安静，我们像在南京时那样过了一天，谈了不少的话，总是谈大哥和成都家中的事。我忽然问他："你不觉得寂寞吗？"他摇摇头带着微笑答道："我习惯了。"我看得出他的笑容里有一种苦味。他改变了。他是头一次过着这样冷冷清清的生活。大哥汇来的钱不多，他还要分一点给我。因此他过得更俭省，别人都走了，他留下来，勤奋地学习。我了解他的心情，我觉察出他有一种坚忍的力量，我想他一定比我有成就，他可以满足大哥的期望吧。在闲谈中我向他提起一个朋友劝我去法国的事，他不反对，但他也不鼓励我，他只说了一句："家里也有困难。"他讲的是真话，我们那一房正走着下坡路，入不敷出，家里人又不能改变生活方式，大哥正在进行绝望的挣扎，他把希望寄托在我们两个兄弟的"学成归来"。在我这方面，大哥的希望破灭了。担子落在三哥一个人的肩头，多么沉重！我同情他，也敬佩他，但又可怜他，总摆脱不掉他那孤寂瘦弱的身形。我们友爱地分别了。他送给我一只旧怀表，我放在衣袋里带回上海，过两三天就发觉表不见了，不知道它是在什么时候给扒手拿走的。

去法国的念头不断地折磨我，我考虑了一两个月，终于写信回家，向大哥提出要求，要他给我一笔钱做路费和在法国短期的生活费。大哥的答复是可以想象到的：家中并不宽裕，筹款困难，借债利息太高，等等，等等。他的话我听不进去，我继续写信要求。大哥心软，不愿一口拒绝，要三哥劝我推迟赴法行期两三年。我当时很固执，不肯让步。三哥写过两封信劝我多加考虑，要我体谅大哥的处境和苦衷。我坚持要走。大哥后来表示愿意筹款，只要求我和三哥回家谈谈，让我们了解家中经济情况。这倒叫三哥为难了。我们两个都不愿回家。我担心大家庭人多议论多，会改变大哥的决定。三哥想，出外三年，成绩不大，还不如把旅行的时间花在念书上面，因此他支持我的意见。最后大哥汇了钱给我。我委托上海环球学生会办好出国手续，领到护照，买到船票，一九二七年一月十五日坐海轮离开了上海。

出发前夕，我收到三哥的信（这封信我一直保存到今天），他写道：

> 你这次动身，我不能来送你了，望你一路上善自珍摄。以后你应当多写信来，特别是寄家中的信要写得越详越好。你自来性子很执拗，但是你的朋友多了，应当好好的处，不要得罪人使人难堪，因此弄得自己吃苦。××兄年长、经验足，你遇事最好虚心请教。你到法国后应当以读书为重，外事少管，因为做事的机会将来很多，而读书的机会却只有现在很短的时间。对你自己的身体也应当特别注意，有暇不妨多运动，免得生病……

这些话并不是我当时容易听得进去的。

二

以上的话全写在我住院以前。腿伤以后，我就不可能再写下去了。但是在我的脑子里哥哥的形象仍然时常出现。我也想到有关他的种种往事，有些想过就不再记起，有些不断地往来我的眼前。我有一种感觉：他一直在我的身边。

于是我找出八个月前中断的旧稿继续写下去。

……我去法国，我跟三哥越离越远，来往信件也就越少。我来到巴黎接触各种新的事物。他在国内也变换了新的环境。他到了北平转学燕京大学。我也移居沙多—吉里小城过隐居似的学习和写作的生活。家中发生困难，不能汇款接济，我便靠译书换取稿费度日，在沙多—吉里城拉·封丹中学寄食寄宿，收费很少。有一个住在旧金山的华侨工人锺时偶尔也寄钱帮助，我一九二八年回国的路费就是他汇给我的。

我回国后才知道三哥的生活情况比我想象的差得多。他不单是一个“苦学生”，除了念书他还做别的工作，或者住在同学家中当同学弟弟的家庭教师，领一点薪金来缴纳学费和维持生活。他从来没有向人诉苦，也不悲观，他的学习成绩很好，他把希望放在未来上面。

一九二九年大哥同几个亲戚来上海小住，我曾用大哥和我的名义约三哥到上海一晤。他没有来，因为他在暑假期间要给同学的弟弟补习功课。其实还有一个问题，我在去信中并不曾替他解决，本来我应当向大哥提出给他汇寄路费的事。总之，他错过了同大哥见面的机会。

一九三〇年他终于在燕京大学毕了业，考进了南开中学做英语教师。他在燕京大学学习了两个科目：英语和英语教学，因此教英语他很有兴趣。他借了债，做了两套西装，“走马上任”。

作为教师，他做出了成绩，他努力工作，跟同学们交了朋友。他的前途似乎十分平坦，我也为他高兴。但是不到一年意外的灾祸来了，大哥因破产自杀，留下一个破碎的家。我和三哥都收到从成都发来的电报。他主动地表示既然大哥留下的担子需要人来挑，就让他来挑吧。他答应按月寄款回家，从来不曾失过信，一直到抗战爆发的时候。去年我的侄儿还回忆起成都家中人每月收到汇款的情况。

一九三三年春天，三哥从天津来看我，

我拉他同去游了西湖，然后又送他到南京，像他在六年前送我北上那样，我也在浦口站看他登上北去的列车。我们在一起没有心思痛快地玩，但是我们有充分的时间交换意见。我的小说《激流》早已在上海《时报》上刊完，他也知道我对“家”的看法。我说，我不愿意为家庭放弃自己的主张。他却默默地挑起家庭的担子，我当时也想象得到他承担了多大的牺牲。后来我去天津看他，在他的学校里小住三次。一九三四年我住在北平文学季刊社，他也来看过我。同他接触较多，了解也较深，我才知道我过去所想象的实在很浅。他不单是承担了大的牺牲，应当说，他放弃了自己的一切。他背着一个沉重的（对他说来是相当沉重的）包袱，往前走多么困难！他毫不后悔地打破自己建立小家庭的美梦。

他甘心做一个穷教员，安分守己，认真工作。看电影是他惟一的娱乐；青年学生是他的忠实朋友，他为他们花费了不少的精力。

他年轻时候的勇气和锐气完全消失了。他是那么善良，那么纯真。他不愿意伤害任何人，我知道有一些女性向他暗示过爱情，他总是认为自己穷，没有条件组织美满的小家庭，不能使对方幸福。三十年代我们在北平见面，他从天津来参加一位同学妹妹的婚礼。这位女士我也见过，是一个健美的女性，三哥同她一家熟，特别是同她和她的哥哥。她的父母给她找了对象，订了婚，却不如意，她很痛苦，经过兄妹努力奋斗（三哥也在旁边鼓励他们），婚约终于解除。三哥很有机会表示自己的感情，但是他知道姑娘父母不会同意婚约，看不上他这样一个穷女婿。总之，他什么也没有表示。姑娘后来另外找到一个门当户对的男人订了婚。至于三哥，他可能带着苦笑地想，我早已放弃一切了。我可没有伤害任何一个人啊！

他去"贺喜"之前，那天在文学季刊社同我闲聊了两三个小时，他谈得不多。送他出门，我心里难过。我望着他的背影，虽然西服整洁，但他显得多么孤寂，多么衰老！

三

一九三九年我从桂林回上海，准备住一个时期，写完长篇小说《秋》。我约三哥来上海同住，他起初还在考虑，后来忽然离开泡在大水中的天津到上海来了。事前他不曾来过一封信。我还记得中秋节那天下午听见他在窗下唤我，我伸出头去，看见一张黑瘦的面孔，我几乎不相信会是他。

他就这样在上海住下来。我们同住在霞飞坊（淮海坊）朋友的家里，我住三楼，他住在三楼亭子间。我已经开始了《秋》，他是第一个读者，我每写成一章就让他先看并给我提意见。不久他动手翻译俄国冈查罗夫的小说《悬崖》，也常常问我对译文的看法。他翻译《悬崖》所根据的英、法文译本都是我拿给他的。我不知道英译本也是节译本，而且删节很多。这说明我读书不多，又常是一知半解，我一向反对任意删改别人的著作，却推荐了一本不完全的小说，浪费他的时间。虽然节译本《悬崖》还是值得一读，他的译文也并不错，但想起这件事，我总感到内疚。

第二年（一九四〇年）七月《秋》出版后我动身去昆明，让他留在上海，为文化生活出版社翻译几本西方文学名著。我同他一块儿在上海过了十个月，仿佛回到了几十年前在南京的日子，我还没有结婚，萧珊在昆明念书，他仍是孤零零一个人。一个星期里我们总要一起去三四次电影院，也从不放过工部局乐队星期日的演奏会。我们也喜欢同逛旧书店。我同他谈得很多，可是很少接触到他的内心深处。他似乎把一切都看得很淡，很少大声言笑，但是对孩子们、对年轻的学生还是十分友好，对翻译工作还是非常认真。

当时我并没有想到，现在回想往事，我不能不责备自己关心他实在不够。他究竟有什么心事，连他有些什么朋友，我完全不知道。离开上海时我把他托给主持文化生活出版社的朋友散文作家陆蠡，这是一个难得的好人。他们两位在浦江岸上望着直航海防的轮船不住地挥手。他们的微笑把我一直送到海防，还送到昆明。

这以后我见到更多的人，接触到更多的

事，但寄上海的信始终未断。这些信一封也没有能留下来，我无法在这里讲一讲三哥在上海的情况。不到一年半，我第二次到桂林，刚在那里定居下来，太平洋战争爆发，上海的消息一下子完全断绝了。

日本军人占领了上海的“租界”，到处捉人，文化人处境十分危险。我四处打听，得不到一点真实的消息。谣言很多，令人不安。听说陆蠡给捉进了日本宪兵队，也不知是真是假。过了一个较长的时期，我意外地收到三哥一封信，信很短，只是报告平安，但从字里行间也看得出日军铁蹄下文化人的生活。这封信在路上走了相当久，终于到了我眼前。我等待着第二封信，但不久我便离开了桂林，以后也没有能回去。

我和萧珊在贵阳旅行结婚，同住在重庆。在重庆我们迎接到“胜利”。我打电报到上海，三哥回电说他大病初愈，陆蠡下落不明，要我马上去沪。我各处奔走，找不到交通工具，过了两个多月才赶回上海，可是他在两天之前又病倒在床上了。我搭一张帆布床睡在他旁边。据说他病不重，只是体力差，需要休养。

我相信这些话。何况我们住在朋友家，朋友是一位业余医生，可以解决一些问题。这一次我又太大意了。他起初不肯进医院，我也就没有坚持送他去，后来还是听他说："我觉得体力不行了"，"还是早点进医院吧"，我才找一位朋友帮忙让他住进了医院。没有想到留给他的就只有七天的时间！事后我常常想：要是我回到上海第二天就送他进医院，他的病是不是还有转机，他是不是还可以多活若干年？我后悔，我责备自己，已经来不及了。

七天中间他似乎没有痛苦，对探病的朋友们他总是说“蛮好”。但谁也看得出他的体力在逐渐衰竭。我和朋友们安排轮流守夜陪伴病人。我陪过他一个晚上，那是在他逝世前两夜，我在他的床前校改小说《火》的校样。他忽然张开眼睛叹口气说：“没有时间了，讲不完了。”我问他讲什么。他说：“我有很多话。”又说：“你听我说，我只对你说。”我知道他在讲胡话，有点害怕，便安慰他，劝他好好睡觉，有话明天说。他又叹口气说了一句：“来不及了。”好像不认识我似的，看了我两眼，于是闭上了眼睛。

第二天早晨我离开病床时，他要说什么话，却没有说出来，只说了一个“好”字。这就是我们弟兄最后一次的见面。下一天我刚起床就得到从医院来的电话，值夜班的朋友说：“三哥完了。”

我赶到医院，揭开面纱，看死者的面容。他是那么黄瘦，两颊深陷，眼睛紧闭，嘴微微张开，好像有什么话，来不及说出来。我轻轻地唤一声“三哥”，我没有流一滴眼泪，却觉得有许多根针在刺我的心。我为什么不让他把心里话全讲出来呢？

下午两点他的遗体在上海殡仪馆入殓。晚上我一个人睡在霞飞坊五十九号的三层楼上，仿佛他仍然睡在旁边，拉着我要说尽心里的话。他说谈两个星期就可以谈完，我却劝他好好休息不要讲话。是我封了他的嘴，让他把一切带进了永恒。我抱怨自己怎么想不到他像一支残烛，烛油流尽烛光灭，我没有安排一个机会同他讲话，而他确实等待着这样的机会。因此他没有留下一个字的遗嘱。只是对朋友太太讲过要把“金钥匙”送给我。我知道“金钥匙”是他在燕京大学毕业时因为成绩优良而颁发给他的。他一生清贫，用他有限的收入养过“老家”，帮助过别人，这刻着他的名字的小小的“金钥匙”是他惟一珍贵的纪念品，再没有比它更可贵的了！它使我永远忘不了他那些年勤苦、清贫的生活，它使我今天还接触到那颗发热、发光的善良的心。

九天以后我们把他安葬在虹桥公墓，让他的遗体在一个比较安静的环境里得到安息。他生前曾在智仁勇女子中学兼课，五个女生在他墓前种了两株柏树。

他翻译的《悬崖》和别的书出版了，我们用稿费为他两次修了墓，请钱君匋同志写了碑文。墓上用大理石刻了一本摊开的书，书中有字：“别了，永远别了。我的心在这里找到了真正的家。”它们是我从他的译文中选出来的。我相信，他这个只想别人、不想自己的四十二岁的穷教师在这里总可以得到永久的安息了。第二次修墓时，我们在墓前添置了一个石头花瓶，每年清明和他的忌日我们一家人都要带来鲜花插在瓶内。有时我们发现瓶中已经插满鲜花，别人在我们之前来扫过墓，一连几年都是这样。有一次有人远远地看见一位年纪不大的妇女的背影，也不曾看清楚。后来花瓶给人偷走了。我打算第三次为他修墓，仍然用他自己的稿费，我总想把他的“真正的家”装饰得更美好些。但是已经没有时间了。不久发生了“文化大革命”，我靠了边，成了斗争的对象。严寒的冬天在“牛棚”里我听人说虹桥公墓给砸毁了、石头搬光，尸骨遍地。我一身冷汗，只希望这是谣言，当时我连打听消息的时间和权利都没有。

后来我终于离开了“牛棚”，我要去给

三哥扫墓，才发现连虹桥公墓也不存在了。那么我到哪里去找他的“真正的家”？我到哪里去找这个从未伤害过任何人的好教师的遗骨呢？得不到回答，我将不停地追问自己。

八月十日写完

《怀念集》序*

病中闲不惯，编辑了一本《怀念集》，还为这小书写了如下的序言：

我把过去写的怀旧的文章集在一起，编成这本怀念的书，从头到尾重读一遍，仿佛在自己一生的收支簿上做了一个小结。不用

* 本篇最初发表于一九八二年一月二十一日香港《大公报·大公园》，后收入《随想录·真话集》。

说账上还有遗漏，但是我也看得出来：我负债太多。这么一大笔友情的债，像一个沉重的包袱压住我的肩头。在向前进的时候我反复思考（我不能不思考），我面前出现两条路：或者还清欠债，或者宣告破产。

我当然挑选前一条路，我编印《怀念集》就是为了还债，不是为了“赖账”。其实要赖账，现在也容易找到借口。有人不是在宣传忘记过去吗？这样的“号召”有理由，但可惜我不是一个没有感情、没有思想的木偶。“四人帮”迫害我不止十年，想使我“脱胎换骨”变成木偶，我几乎上了圈套，甚至可以说我已经在由人变木的路上走完百分之七八十的路程，然而我那一点点感情和思想始终不曾冻僵、变硬，我还保留了那么一点点我自己的东西。我所谓的“自己的东西”，就是我在这本怀念的书中记录下来的——我的经历、我的回忆、我的感激、我的自责、我的爱憎、我的复杂的思想感情以及我的曲折的人生道路。这些都是忘不了、赖不掉的，它们不断地折磨我的心灵。人怎么能忘记自己的过去呢？你难道是从天上掉下来的？你难道真是永远正确的？你难道一生不曾负过债？难道欠下的债就不想偿还？最好还是先来个“小结”吧。

在这本书里我也记下了“四人帮”的罪行，我有不少的朋友是给“四人帮”或者他们的爪牙迫害致死的，而且有的人死得非常悲惨。他们死了，而我活下来，我活着并不是为了忘掉他们，而是为了让更多的人记住他们，为了让他们活下去。我活着不是为了“捞一把”补偿十年浩劫中的损失，我愿意把我这剩余的心血和精力，把我晚年的全部爱和恨献给我的社会主义祖国和勤劳、善良的人民。

我不讲假话，我不讲空话。这本书是为那许多位我所敬爱的人和对我十分亲近的死者而写的。我不能用污水玷污他们的纪念。虽然我不相信神和鬼，但是我经常觉得有许多双眼睛望着我，不放松我的一言一行。我不能不对那些敬爱的死者负责，《怀念集》里的每一篇文章都是我的无法背弃的誓言。

我不是白白地编写这本怀念的书，敬爱的死者都是我学习的榜样。说真话，我一直在向前看，也一直在向前进。对一个七十八岁的老人来说，我知道我的前面就立着“死亡”，可是我决不悲观，也决不害怕。我不想违背自然规律，然而我也要学习前人，严格要求自己。只有这样我才有权利怀念敬爱的死者。

一九八二年一月十三日

《怀念集》* 代跋

——复采臣信

采臣：

来信和布鲁南同志的信都收到了。你们要重印《怀念集》并出版增订本，我当然同意。你们增补了七篇文章，我又找到了第八篇，我看大概不会有遗漏了。可是把发表过

* 这里指的是《怀念集》增订本，一九八九年六月宁夏人民出版社出版。采臣，作者的大弟。

的怀念文章重读一遍，我才明白不但有遗漏，而且遗漏太多！我还记得近两三年间常有人来信建议我为某某亡友讲几句话，或者谈谈我对某些故人的怀念，我又写了一些。我愿意写，我也应当写。不过我写得很吃力，这是由于我的病。我写得很慢，因为我蘸着自己的心血在写作。好不容易写完一篇，我叹一口气，仿佛偿还了一笔债。我下了决心：一笔一笔地还，一篇一篇地写，欠账再多，也要还清。我一直这样地相信。

但是现在坐在书桌前，望着玻璃板上一些乱堆着的信件、稿纸和报刊，不知道该怎么办，我无法搬动这座“纸山”，也很难在桌上摊开一张稿纸顺利地写几行字，静静地坐着，默默地思考，不过一刻钟，我就感到十分疲倦。原来我是一个病人，我明白我不得不搁笔了。

搁笔，这不是空话。我并不想搁笔，但是笔不服从我的指挥，手不听我的话，我越是着急，心越是跳得厉害，手也越抖得厉害。这说明必须到此为止了，所有未写完的话，一切不曾倾吐的感情，今后都只好给咽在肚里，它们将作为灯油让我心里这盏长明灯燃下去，长久地燃下去。那么即使我无法再写一个字，我也不会浪费我的有限的时光。印在纸上的字是不能让人随意揩掉的。我的思想还是要和我对朋友们的深切怀念紧紧地贴在一起，我的心也绝不会远离朋友们的心。即使不能用文字，我也可以用行为表示我的忠诚。

三十年代我就说过我靠感情生活，而且正是友情使我几十年的生活有了光彩。从这方面说，我是一个幸福的人。也可以说，对我的许多朋友（不论是亡故的或者健在的，不论是年长的或者年轻的）我欠下了还不清的债。“还债”的话我讲了几十年，只有在没有精力继续动笔的今天，我才明白：反复讲来讲去的空话有什么用，倘使我不能做一件事说明我的忠诚?！

我常常想起英国作家王尔德的两篇童话《忠实的朋友》和《快乐王子》。我绝不做那个自吹自擂、专说漂亮话的磨面师大修，我宁愿做冻死在快乐王子铜像脚下的小燕子！

巴金

一九八七年三月二十日